TAKE
SHOBO

それは、愛を求めるケダモノにつき

制御不能な欲情は連鎖する

奏多

ILLUSTRATION
neco

JN047471

蜜夢
MITSU
YUME

CONTENTS

MITSU YUME

イラスト／neco

それは、愛を求めるケダモノにつき

制御不能な
欲情は
連鎖する

プロローグ

黄色みを帯びた満月が、闇空に皓々《こうこう》と輝くその夜――。

月光が降り注《そそ》ぐある公園の花壇では、清楚な白い花が満開になった。

それは月下香《チューベローズ》――夜になると官能的な芳香が強くなる、魅惑的な花だ。

「今日、満開になってくれてありがとう」

無数に咲く月下香に、そう声をかけたのは若い女性だ。

彼女は、土に落ちていた月下香を見つけると、土を払ってそれを髪に挿して微笑み、花壇が見えるベンチに座った。

そしてコンビニで買ったばかりの缶ビールを手にする。プシュッと小気味いい音をたててプルタブをあけると、その缶を……月下香を育てた月に向けた。

「二十歳の誕生日、おめでとう。……わたし」

生まれて初めて口にするビールは、あまりにも苦く、思わず咽《む》せてしまう。

やがて彼女は、バッグから四つ折りの紙を取りだした。

それは戸籍謄本。妹が生まれてから、両親が急によそよそしくなった理由が記されている。広げていると家族に祝われているようで、ほろりと……涙がこぼれた。

そんな時風が吹き、彼女の手から紙が離れる。

ふわりふわりと飛ぶそれは、見知らぬ青年に拾われた。

彼もまた、彼女と同じ銘柄の缶ビールを持っている。

「あんたが髪に挿しているの、妹が好きだった花なんだ」

青年は青灰色《せいかいしょく》の瞳を細めると、なぜか泣きそうな顔で笑った。

「……俺も今日、二十歳の誕生日で。ひとりは寂しいから……一緒にいてよ」

彼からは、かすかに……月下香の匂いがした。


……相手など誰でもよかった。

たまたまそこにいたのが、彼であり、彼女だっただけ。

ただ――ふたり、誕生日が同じだっただけ。

ただ――ふたり、愛に満たされない日常を、変えたかっただけ。

大人になれば、子供の苦しみは終わるのだと、信じたかっただけ。

闇に浮かぶ満月が蒼《あお》白くなった頃、彼と彼女は自然と互いを求め合った。

互いに欠けた部分を補い、大人という完成された存在になるために。

その情交は、なにかの儀式のようにしめやかに進められたが、やがて深層で繋《つな》がると……月影を浴びたふたりの体は、神秘的な燐光を放った。

「ああ、なんだろう。すごく満ち足りた気分だ」

「わたしも……。幸せ……」

ふたりは初めての至福感に酔いしれながら、その先にあるものを求めた。

慣れぬ動きに最初はぎこちなさを見せていた彼らも、次第に本能を開花させ、獣の如き荒々しさを見せていく。

「ああ、俺を……見て。俺をもっと感じて。俺を……愛して」

「あ、んんっ、気持ち、いい……ああ、もっと。もっとあなたの愛が欲しい……！」

場に充満するのは、濃厚な月下香の匂い。

官能的な香りが漂う中で、ふたりはすべてを曝け出して互いを貪り合い、救いを求めるような切なげな喘ぎ声を月に向けたのだった――。


……その行為には、彼らが渇望する愛などない。

それなのに、そのとき確かに彼らは感じたのだ。

まるで、運命の恋に巡り会ったかのような、狂おしいまでの衝動を。

❖　❖　❖　❖

八月の末日、都内にある某ホテルの広間にて、ある一族が集っていた。

大手ブライダルチェーンで有名な御先《みさき》家の当主が、その座に就いて五年も経たずして亡くなり、遺言状が顧問弁護士によって公開されたのである。

三人の息子のうち、誰が御先家の次期当主となるのか、一族は固唾を呑んで見守った。

それにより、彼らの身の振り方も変わるからだ。

弁護士が遺言状を読み上げた。主旨はおおまかに八つ。
一、御先家の直系が、当主になると短命なのは、御先家に伝承される天狐《てんこ》の呪いゆえ。
一、解呪《かいじゅ》のためには、天狐の子孫である娘を見つけること。
一、天狐の証たる、娘の背に浮かぶ羽根の痣《あざ》を一族の前で披露し、娘を妻にした我が子に、御先家の全資産及び当主の座を譲るものとする。
一、期間は三年。天狐の娘を見つけられぬ場合、御先家の全財産は慈善団体へ寄付せよ。
一、当主不在の間、長男を当主代理とするが、三年にてその地位は完全失効とする。
一、異議を唱える我が子は、一切の相続権を失うものとする。
一、この件は、執事長の五十嵐《いがらし》に一任する。五十嵐の指示を我が指示とせよ。
「――以上が遺言状の内容です。なお、遺言拒否は、法定相続放棄となりますので、あらかじめご了承ください」

しんと静まり返る中、弁護士の声はなおも続く。

「この遺言執行者として、前代より委任されたのは、執事長の五十嵐。ここに前代からの委任状があります。五十嵐……」

弁護士の横にすっと歩み出たのは、執事服を着た初老の男性だ。今年六十三歳になる。

「この五十嵐、亡き旦那様のご命令、謹んでお受け致します」

慇懃《いんぎん》な態度で、白髪が交ざった頭を深々と下げた。

そして五十嵐は、今し方、公になった遺言状の内容をとりまとめた。

「これより三年の間、長男の颯生《さつき》様、次男の檑《らい》様、三男の月冴《つかさ》様の御三名のうち、天狐の血を引く娘を見つけて娶られた方に、ご当主の座が移譲されることと致します」

くつくつと笑い声が響き渡った。

それは、今年二十九歳になる長男の颯生である。

上質なスーツを着て、黒髪をぱりっと固めている。

眼鏡をかけた顔は整ってはいるものの、どことなく冷淡である。

彼は笑みを引くと、淡々とした口調で五十嵐に問うた。

「天狐とは、よくお前が言っていた……千年生きているという狐の妖怪のことか？　中国の『玄中記《げんちゅうき》』では婬婦とされる」

「左様でございます」

「私の記憶によれば、お前は昔こう語っていた。初代と恋仲だった天狐のおかげで御先家は栄えた。しかし初代は天狐とその子供を捨て、天狐をある花の魔力で呪殺させた。それ以降天狐の怨念で、代々の当主はその地位に就いて数年のうちに、壮絶な最期を迎えると」

「その通りでございます」

にこやかなまま答える執事長に、長男は乾いた笑いを見せる。

「そんな作り話に、なぜ私たち兄弟が、そして御先家が振り回されねばいけない？　呪いをかけた妖怪の子孫を見つけ、妻にしろだと？　……馬鹿馬鹿しい」

「それでは……颯生様は、相続の権利を放棄されますか？」

穏やかに、しかし冷ややかな問いかけに、長男は言葉を詰まらせ、話題を変えた。

「だが……天狐の痣とやらが本物だと、なにをもって証明できる？　極端な話、私たちがそれぞれ、羽根の痣を背に持つ女を連れてきたら、どうするのだ」

五十嵐は笑みを浮かべたまま、懐から封書を取りだした。

それは御先家当主を示す印で封緘《ふうかん》されている。

「こちらは生前、旦那様よりお預かりしたもの。この度の遺言状作成にあたり、天狐の呪いを霊視した……ある高名な霊媒師が、その痣の模様を絵にしたものでございます。こちらは一族の皆様の前にて開封し、確認をさせていただきます」

ただしその際、他の兄弟たちがそれを知ることがないよう、正解だった場合のみ一同の前に、その絵を公表するとのことだった。

「霊媒師曰く、天狐の娘と御先家の直系は共鳴しあうとのこと。不思議ななにかをお感じになることでしょう。その正実性の証として、痣の披露はおひとり、一度きりとさせていただきます」

つまり、作り物の疵を持つ女をたくさん連れてきたところで、無意味だと五十嵐は述べたのだ。心身が感じる、本物の女を連れてこいと。

真実の娘はただひとり。三兄弟でひとりの女を奪取する争いが起きても、三人の女を連れてくることは、ありえない。

「早い者勝ち、ということか」

長男は皮肉げな笑いを浮かべた。

「僕は面白いと思うけどね」

くすくすと笑い声をたてたのは、次男の檑。今年二十六歳の白皙《はくせき》の男だ。

優しげな顔立ちで、女性のように長い茶色い髪を、緩やかにひとつに束ねている。

「だって、その娘さえ見つけられたら、兄さんでなくとも、御先家を継げるチャンスが巡ってくるんだからさ」

柔らかく細めたその目は、野心でぎらついている。

「そう思わないか、月冴」

次男が促した先には、黒いスーツに黒いネクタイ——喪服を着た三男の姿があった。

二十四歳になったばかりの彼——月冴は、青灰の瞳の色にも似た、暗めの青墨《あおすみ》色の髪を掻き上げた。

「興味ありませんね、そんなもの。そんなことより……これから、亡き妹の祥月命日の法要があるのですが、ご参列願えませんかね。異母兄のあなた方にとっても、妹には違わないんですが」

　しかし長男も次男もそれを拒む。

「法要？　今はそれどころじゃないだろう」

「兄さんに同感。欠席するよ」

　途端、三男の目が凍てつき、色味を失った灰色は無機的な色を濃くする。

「一族の皆様はどうですか？」

　一同はざわめくが、長男と次男がいない法要に、参列したがるものはいなかった。

　四年経っても、誰ひとりとして妹を弔うものはいない。

　亡き父親すら、荒唐無稽《こうとうむけい》な作り話で、自分の血を引く兄弟を争わせるぐらいだ。

　この家は、冷酷なものたちの巣窟だと、三男は冷ややかに笑った。

「この件に関しては、俺は降りる。当主になりたい奴が勝手にやってくれ」

　こんな馬鹿げたことを遺言にするほど、父は狂っていたのか。なにか魂胆があったとしても、こんなくだらない茶番劇に付き合うほど暇人ではない。

「それでは俺はこれにて」

　出ていこうとする彼は、腕を摑まれた。引き留めたのは長男である。

「降りるのは許さない。これは父からの三兄弟へのミッションだ」

　そして彼は、三男に耳打ちする。

「月冴。形だけでいい。放棄を撤回して私に協力しろ。檑に当主の座を渡さぬように。私のために天狐を探すんだ。ふたりで感じるものがあったら、その女が本物」

馬鹿馬鹿しいと言っていたはずの颯生は、その目を狂的に血走らせている。

「妹の手術を、裏から手配してやったのは誰だ？」

妹に情がないのに、恩だけは返せと長男は言う。

三男は歯軋《はぎし》りをして、秘やかに拳に力を込める。

――お兄ちゃん。誰も恨まないでね。私がいけなかったの……。

――助けてくれてありがとうって……思ってね。恩は……返さないと。


そして――三人の兄弟は、背に痣を持つ女性の情報を集めるべく、自らが指揮をとる会社を利用しようとした。

長男は、結婚や婚活相談を包括した、御先家本社であるブライダル会社を。

次男は、ジムやブライダルエステを取り扱う、美容系の会社を。

三男は、男女の問題を取り扱う調査会社を。

……背中の痣というものは目立つから、なんらかの有益情報が集まるだろうと思いきや、期日の三年目に入っても、まるで情報は集まらなかったのである――。

第一章　それは青天の霹靂《へきれき》につき

梅雨明けしたばかりの七月下旬、東京では夜の七時をすぎてもまだ蒸し暑い。

ネオンがまたたく繁華街では、ビアガーデンの真っ盛り。冷涼と活力を求める客で賑わいを見せている。

そんな喧噪《けんそう》の場から少し離れた場所に、ホテル『楽園《パライソ》』はあった。

廃屋と見間違うほど鬱然としており、一般人は利用を敬遠しがちなものの、表沙汰にできない性癖を持つ者たちにとっては、本性を解放できる希少な場所として有名だ。

そのホテルの八階で、部屋番号を確認して歩く、黒いスーツ姿の女性がいた。

表情を冷たく印象づける細身の眼鏡をかけ、長い黒髪はひとつに束ねられている。

ブラウスは第一ボタンまでかっちりと留め、上着は長袖、スカート丈は膝下。

就活生……というより、ひと昔前の厳格な女教師の外貌をしている彼女は、今年二十七歳になる九尾彩葉《くのおいろは》。総合商社で経理の仕事をしている。

職場は華やいだ女性が多いが、彼女は真夏であろうと、毎日が葬式かのような陰鬱スタイルを変えないため、逆にかなり目立つ存在だった。

地味な外見から、性格も気弱だろうと思われがちであるが、規則遵守の頭の固さは会社一。仕事をさせれば完璧だが、わずかなミスや不正も見逃さず、どんな相手でもやり直しせよと書類や領収書を突き返す気丈さも持ち合わせている。

歩く規則とも呼ばれる彼女は、お局街道まっしぐらと思われていたが、実は三ヶ月前に知り合った二歳年上の営業部の男性と、この秋に結婚を控えている。

とはいっても、まだふたりの間だけの話で、これから家族に紹介する予定だ。

だが数日前、婚約者――誉田《ほまれだ》は、ヤクザ相手の金銭トラブルに巻き込まれた。示談金額は莫大で、彩葉の貯金をもってしてもまだ足りない。

金策に駆け回る彼は、神妙な顔で、彩葉にこう頼み込んだ。

――ある資産家の老人が、妻子を事故で亡くして元気をなくしている。

――だからきみが、話し相手になってくれないか。

――元気を無くした老人だから、危険なことはないから。彼は紳士だ。

――聞き上手なきみが二時間、寂しい彼の相手をしてくれればいい。

――それだけで僕は、彼からの援助を受けられるんだ。僕も、きみとの未来も救われる！

誉田のために、彩葉は指定されたホテルに来たのだった。

「826号室、828号室……」

部屋を探して歩く彼女に、ブンブンとうるさい蝿《はえ》がまとわりついている。

古ぼけたホテルだから、衛生管理が行き届いていないのかもしれない。

あまりにブンブンとしつこいため、たたき落としたいが、動きが速くて空振りばかり。

手を振って払いのける中、ようやく目的の部屋番号を見つけた。

「832号室、ここね」

ノックをすると、待ち兼ねていたかのように、すぐにドアは開いた。

そこにいたのは……豪華なベネチアンマスクで目を隠した、初老の男。

ぶよぶよとした上半身を晒《さら》し、下半身にはバスタオルを巻いただけの姿で立っている。

(しまった……。間違って、変態さんのドアを開いてしまった……)

しかし部屋番号は合っている。だとすればこのメモを書いた誉田が間違えたのだろう。

謝ってすぐに退散しようとしたら、男が慇懃《いんぎん》な態度で言った。

「イロハ様、よくお越しくださいました。カンチョウもすませています。さあ、中へ」

彩葉の背筋にぞぞぞと悪寒が走った。

(なにをすませているって？　よくわからないけど、わたしの名前を知っているのは、まさか……このひとが、妻子を亡くして気落ちしている老人なの⁉)

面食らったのは、先入観を裏切るビジュアルだけではない。

タオルを突き上げている股間にも仰天する。

気落ちしているどころか、元気いっぱい。ヤル気満々、精力が漲《みなぎ》っている。

(求められているのは……話し相手、ではないわよね)

予想外の展開に、彩葉の無表情な顔にも冷や汗が流れる。

そんな彼女を嘲笑《あざわら》うように、またあのうるさい蝿が、ブンブンと音をたてて飛び始めた。

そして——。

（あ……。ほっぺにとまった）

彩葉の目が男の頬に釘付けになると、なにを勘違いしたのか男は興奮した声で身悶《もだ》えた。

「ああ、その……忌まわしいものでも見るような冷たい目！　ゾクゾクする！　さあ……早く、貴方様の奴隷《どれい》を罵《ののし》って踏みつけてください。調教してください、イロハ女王様！」

腕を摑まれ、部屋に引っ張り込まれそうになった瞬間、彩葉の視界の中で、タオルがひらりと落ちる。

突如現れたそれは、グロテスクな色と形をもち、元気よく揺れていた。

蝿は頬で休憩中なのに、そこだけはブンブン……狂喜乱舞である。

すうっと意識が遠くなりかけた彩葉の頭の中に、ある童謡が流れ出した。

ブンブンブン、蝿が飛ぶ〜♪

歌詞は微妙に違うが、そのフレーズばかりがリピート再生されている中、今度は脳裏に文字が浮かんだ。

『質問　婚約者を救うための、正しい振る舞いは次のうちどれか。
A．このまま中に入り、予定通り話を聞く。

B．部屋を間違えましたと、平和的にドアを閉める。
C．ナニをする気ですかと、至って冷静に対処する』

しかし彼女が選んだのは、そのどれでもなかった。
(蝿をとるなら……今が、チャンス！)
摑まれたその手を、鮮やかな動きで外した彩葉は、
パアアアアン！
男の頬から今まさに飛び立とうとしていた蝿を、自慢の怪力でたたき落とした。
そして——。
「よーし！　討ちとったり！」
床に転がり、痛みに悶えて悦ぶ男を残し、彩葉は軽やかにその場を後にしたのだった。

❖　❖　❖　❖

……しかしそんな爽快感は、次の日に一変する。

彼女の行為が問題となったのである。

それは見知らぬ男を叩きのめしたことではない。

「デリヘル!?」

ホテルに赴いたことが、デリバリーヘルスと呼ばれる派遣風俗の類いにされ、会社中に知れ渡ることになったのだ。

それを決定づけたのは、社員に一斉送信されたメールだった。

『スクープ！　総務の九尾女史、変態専用ホテルで副業、ＳＭデリヘル嬢！』

ある総務の新人社員が、社内システムのセキュリティが警告を出していたにもかかわらず、差し出し人不明の添付ファイルを開いてしまった。その直後に、パソコンが登録している全社員のアドレス宛に、送信されてしまったらしい。

添付された写真は、昨日、ホテルで男と対峙している彩葉の写真だ。

場面はちょうどブンブン中。

照明があたって光り輝くそれは、神々しさなどなにもなく、むしろ淫猥《いんわい》でおぞましい。

よりによってその時の様子を、誰かに盗撮されたらしい。

撮影角度の問題だろうが、彩葉が手を掴まれているところは見えないため、彩葉の上半身の傾きが、今まさに部屋に入ろうとしているようにも見えた。

彩葉はメールを見て、ショックを受けた。

（未遂だったとはいえ、わたしがしたことってデリヘル……？　話を聞くだけで、誉田さんにお金が渡るという話だったのに。わたしには一銭も入らないのに……）

ブンブン男はその気だったかもしれないが、こちらはまるでその認識はないのだ。

なにより、こんな写真でデリヘル疑惑をかけるのなら、ドアの外でブンブンを見せられたことに同情してほしい。災難だったねと慰めてほしい。

　だが彩葉に寄り添う社員は誰もいなかった。歩く規則といわれている頑固一徹な女が、わざわざ猥褻なホテルに出向いて変態と接触し、その部屋に入ろうとしていた……という状況証拠だけで、周囲の嫌悪感が強められたのである。

　彩葉は仕事では有能でも、人間的に信用されるだけの関係を築いてこなかった。

　しかも、この会社では副業は厳禁だ。過去、風俗の副業をしていた数名の社員は、社長直々に懲戒処分をうけている。『こんないかがわしいことをしていると顧客にばれたら、我が社のイメージダウンに繋がる』という点で、就業規則『会社の円滑な業務運営を妨げたとき』の条項に抵触すると解雇されたのだ。

　さらに彩葉が所属する総務は、会社の窓口でいわば顔。看過はされないだろう。

（仮に副業ではないと認められたにしても、無償の趣味だったと思われたくもないわ。わたしの名誉のためにも、これは誉田さんの協力を仰がなければ……）

　結局、誉田が仲介したのがあのブンブン男だったのかは定かではない。

　というのも誉田とは、昨日から連絡がつかない。呼び出し音は鳴るが彼が出ないのだ。もしかして彼の顔を潰したと怒っているのだろうかと心配にもなったが、あの状況を思えば、彼だって理解を示してくれるはずだと彩葉は思った。

　彼は営業職だから、ただ単に忙しいだけだろう。今までも多忙すぎて連絡がつかないことは多々あったし、時間がかかってもちゃんと返事をくれる男だ。

だから、時間ができたら連絡がほしいと留守電に残しておいた。

それから連絡はきていないが、今は緊急事態。連絡を待つより本人に直接会って話した方が早いと、彩葉は営業二課へと走った。

この会社は営業に特化しており、とにかく営業部が大きく社員が多い。さらに彩葉は営業五課を担当しているため、フロアが違う二課へ足を踏み入れたのは初めてだ。

二課の社員もメールは受信しているだろうが、直接の関わりがないだけ、まだ彩葉に向けられる視線は緩やかだ。彩葉は近くの男性社員に、誉田を呼んでもらった。

しかしその返答は――、

「誉田朝流《あさる》？　そんなのは二課にいないけど」

あまりにも衝撃的なものだった。

もしかして課を間違えて覚えていたのかもしれないと、六課まである他課へ赴いて誉田を探し回ったが、返答はどこも同じ。誉田という社員はいないとのこと。

血相を変えた彩葉は経理課に戻り、社内システムから社員名を検索してみたが、該当者はいない。本名は違うのかもしれないと、写真付の一覧に目を通したが、イケメン……まではいかない、愛嬌《あいきょう》ある顔は出てこない。

つまり彩葉が接してきた誉田という男は、営業部だけではなく、この会社のどこにも在籍していなかったのである。

誉田と知り合ったのは、三ヶ月前に開催された、ある無料財テクセミナーだ。

隣の席だった誉田に声をかけられ、同じ会社だと告げられ意気投合したのだ。それを鵜呑《うの》みにしたのは、彼が……とある理由で、信頼できる男性だったからだ。それにスマホで連絡を取り合っていたし、わざわざ二課に会いにいく必要性も感じなかった。また、彩葉がプライベートなことを気軽に話せる同僚でもいれば、そんな男などいないと情報を仕入れてくれたかもしれない。だが、彩葉が孤立無援状態だったからこそ、三ヶ月も真実を知らずにいたのだ。……そんなことが可能になってしまったのだ。

（なんてこと……）

彩葉は倒れそうになるのをこらえて、誉田のスマホに電話をかけた。

すると、昨日までとは違うアナウンスが流れている。

（電話……解約したの？　ＳＮＳも……繋がらない）

彼と繋がる手段がなくなってしまった——。

頭ががんがんと痛む中、彩葉は経理部長に呼ばれ、一緒に社長室へいくことになった。

……彼女の無実を証明できる存在を失ったままで。

雲ひとつない青天が広がっているのに、雷鳴が轟《とどろ》いている。

梅雨入りしたばかりの天気は、移ろいやすいとはいえ、まさしく——青天の霹靂《へきれき》だ。

嵐の到来を告げる生温かい風が、彩葉の頬を撫《な》でる中、彼女は両腕で小さな紙袋を抱えて、とぼとぼと大通りを歩いていた。

彼女はついさっき、誉田のマンションへ行った。

昼間に訪ねるのは初めてだったが、ドアを開けて応対してくれた相手は、昨日引っ越してきたばかりの女性で、誉田の名前など知らないと言う。不審者と思われたのか、すぐに追い払われてしまった。

その帰り道、彩葉はなぜ誉田に目をつけられたのかを考えていた。

そしてはたと思いついたひとつの可能性。

「貯金……」

それを確認すべく銀行へ寄ったところ、案の定——。

「結婚のためにとふたりで貯めたお金は、残金ゼロ。さらに誉田さんを助けてあげようと、わたしの貯金もほとんどおろしてしまっていたから、実質わたしは……」

金の切れ目が縁の切れ目だったのだ。

借用書でも作っておけばよかったのかもしれない。

だが彩葉は、困り果てて落ち込む彼に心から同情し、未来の妻として彼を信用し、自らの意志で金を渡したのだ。リスクがあるとわかっていながら差し出した金を、どうすれば取り戻せるかと思案したが、ショックで真っ白になった頭では冷静に考えることも難しかった。

ただわかるのは、今の彩葉は一文無しになった上、職まで失ったということ。

彩葉は――クビになってしまったのだ。

社長にも部長にも必死に訴えたのだが、聞く耳持たず。

あのメールは、取引先にも流れてしまったようで、クレームがきているらしい。

――きみはその弁解で、我が社や取引先を、納得させられると思うのか？

――きみの仕事ぶりは評価していた。それゆえ、きみに賠償など請求はしないから、この会社を辞めてほしい。

どこか外部の機関に相談すれば、解雇を撤回できる方法は見つかるかもしれないが、解決までには時間がかかるだろう。それに解雇が撤回されたところで、崩れた信頼関係が元に戻るとは思えない。同僚からも侮蔑に満ちた視線を向けられ続けるだけだ。

その中でいつも通りに仕事をしなければならないと思うと、吐き気がした。

どんなに無表情でも、彩葉にだって心がある。悪意ある誹謗中傷には傷つくのだ。

だからそのまま引き下がり、結果――無職である。

「なんでこんなことになっちゃったんだろう……」

あまりにも突然、一気にすべてを失い、現実の出来事として受け止めきれない。

呆然としている彩葉の前に、ふと……影ができた。

ダークスーツ姿の長身の男性が立ち、彩葉を見ていた。

軽く流した青墨色の髪。前髪の合間から覗くのは、鋭さのある切れ長の目。

アオサギの色を深めたような、神妙な青灰色の瞳をしている。

精悍なその顔は野性味に溢れ、誉田など比較にもならない美貌の男だ。

高貴なプリンスというよりは、マフィアのようなどこか殺伐とした貫禄がある。

なにか、普通の男ではない異質なものを感じ、彩葉は思わず身構えた。

「なぁ、九尾彩葉さん」

艶やかな声が紡いだのは、彩葉の名前だった。

深みあるその声に呼応するかのように、彩葉の心臓がどくりと大きく跳ねた。

「な、なんでわたしの名前……」

男はそれには答えず、感情が読めない目を向け、言葉を続ける。

「あんた、誉田に裏切られていたんだ。誉田は、自分であんたを切ることができず、縁切り屋に依頼していた」

「縁切り屋？」

意味はわかる。しかし日常では馴染みのない言葉だ。

「そう、またの名前を別れさせ屋。昨日のホテルの一件、舞台を整え盗撮し、あんたを解雇に仕向けたのもすべて、縁切り屋の仕業だ。ま、こんな不意打ちみたいな雑なやり方を見ると、三流以下みたいだがな」

男は、言葉の証拠として二枚の写真を見せた。日付はどちらも昨日のものだ。

一枚は、昨日のホテルの廊下。ブンブン男と対峙している彩葉を、盗み撮りしていると思われる男を写したものだ。そして二枚目は、その男がどこかの店で誉田と会い、ブンブ

ン男と彩葉……と思しき人物が写る、数枚の写真を見せているものだ。

つまり昨日の時点で、誉田は彩葉の窮地を知っていた。彩葉の電話に出なかったのは、故意だったということ。

彩葉はぐらぐらする頭を抱えながらも、事情をよく知る美貌の男を警戒する。

「……あなたは誰なんですか。写真を見ると、誉田さんに依頼された縁切り屋……でもなさそうですけれど。なんでこんな写真を……」

「俺もまた同業者だ。あんたと誉田を別れさせてほしいという依頼があり、あんたを調査させてもらっていた」

「わたしを？」

「ああ。この業界は広くはないから、どこかでバッティングするのは珍しいことではない」

男はくつくつと笑ったあと、一枚の名刺を彩葉に手渡した。

『チューベローズ　代表取締役社長　御先月冴』と記されている。

名刺には、銀の線で縁取られた花のロゴが入っていた。

「チューベローズ……」

その名前がなにか引っかかったが、男――月冴の声がそれを掻き消した。

「恋愛トラブル請負会社だ。俺はそこの社長をしている」

今の時代、なんでも仕事になるようだ。彩葉は思わず感嘆のため息をついてしまう。

「縁切り屋というよりは、縁をとりもつ縁結び屋と名乗りたいものだが、依頼は半々。縁結びも縁切りも、実際は表裏一体だ。誰かが幸せになれば、誰かが泣く。番《つがい》のように、唯一無二の相手を見つける仕事だけなら簡単なものだがな」

「わたしからしてみれば、縁結びも縁切りも、神様のお仕事のような気がしますけれど」

人間の縁をなんとでもできるかのような口ぶりに、傲慢さを感じてしまった彩葉が毒を含ませて返すと、彼は愉快げに声をたてて笑った。

彼は、笑うと少し目尻が下がり、他人を見定めるような鋭さが和らぐようだ。

「この世には、神に祈るだけでは埒があかないトラブルはたくさんある。特に恋愛が絡めば盲目になりやすい。気づいた時には身動きがとれなくなっていたりする」

月冴は続けた。

「だが、縁を結ぶにしろ切るにしろ、誰かの人生を壊す危険があるのは承知している。神ではない俺たちが、安易に踏み込んではいけない領域だ。ゆえに縁切りの依頼があった場合は、慎重な事前調査をしてから返答するようにしている」

「だからわたしの調査をしていたと？」

「そうだ。こっちが一方的に、あんたに親近感を覚えるくらいは念入りに」

かなり執拗にストーキングされていたらしい。

「それでわたしは、縁を切るに相応しい人物でしたか？」

彩葉の皮肉に、月冴は苦笑した。

「依頼では、あんたが重度のヤンデレで、怨霊のように誉田に取り憑いて離れてくれない……とのことだった。しかも誉田自身が、他社に縁切りを依頼するほどだ。どれだけのものかと思ったが、あんたはそんなタイプではなさそうだ」

「重度のヤンデレ……。怨霊……」

ひどい言われようである。

「大方、あんたと会っているのを俺の依頼人に見咎められ、誉田は苦し紛れに被害者ぶったんだろうよ。愛する男を助けようと、うちに依頼にくるほど、誉田の演技は真に迫っていたんだろうが、誉田もなんでそんな表現で弁解をしたのだか」

（ちょっと待って。愛する男……？）

「つまり誉田さんには、他に付き合っていた女性がいたということですか？」

「ああ。俺が知る限りでは、誉田が結婚を匂わせている女は、あんたを含めて七人」

片手では収まりきれない数の女がいたらしい。

彩葉は倒れそうになるのを必死にこらえつつ、女の気配まで気づかない自分の間抜け具合に愕然《がくぜん》としてしまう。どれだけ彼を盲信していたのだろう。

月冴はさらに付け加えた。

「誉田は、結婚詐欺師だ」

「け、結婚詐欺!?」

思わず彩葉の声がひっくり返ってしまった。

「ああ。結婚話が出たあと、唐突に誉田が借金かなにかを抱え、あんたに協力を求めただろう？　そしてあんたの金がゼロになった頃、誉田は消えた……違うか？」

「そ、その通りですが……」

「他にも同様な被害が出ている。同時進行で結婚詐欺ができるということは常習的で、かつ逮捕されないという自信があるんだろう。詐欺は、組織的な犯行の可能性が高い」

「な、なんと……。組織……」

「誉田は、女ごとに名を変えている。俺が依頼を受けた時も、依頼人が口にしていたのは誉田という名前ではなかった。だから調べるのは時間がかかったが……」

月冴は、美しい顔を嫌悪に歪《ゆが》ませる。

「女を食い物にして生きている……ゲス野郎には違いない」

憎々しげにそう吐き捨てた直後、雷鳴が轟《とどろ》いた。

まるで彼が雷を呼んだかの如きタイミングで驚いてしまう。

「奴が巻き上げた金は、非人道的な組織を潤す。その見返りに奴は組織に守られて捕まらず、ますますゲスな仕事に精を出す……というわけだ」

絶句する彩葉に、月冴は哀れんだ目を向けてくる。

「なあ、悔しいだろう？　高い勉強代だったと、このまま泣き寝入りしたくないだろう？」

その声は怒りに満ちたものだ。

「利用されるだけ利用されて、最後にはぼろ雑巾みたいに捨てられて終わるのか？」

彩葉の手が拳の形になり、ぎゅっと力が込められた。

「俺の会社は恋愛トラブル請負会社だ。あんたが望むなら、このトラブル……請け負ってやる。困っているのなら力になってやる。なんでも」

男の声はまるで悪魔の囁《ささや》きのように、彩葉の心に忍び込む。

(なんでも……?)

「俺たちの仕事は、縁切りや縁結びだけではない。依頼人が望む形にもっていく。それがたとえ復讐であっても……力になってやる。あんたがそれを望むのなら」

空には雨雲が流れ、陽光を遮った。

「依頼、してみろよ。あんたの想い、代行してやるから」

端正な顔が翳り、青灰色の瞳が澱んで見える。

「……ひとつ、お聞きしてもよろしいですか?」

「ああ、なんだ?」

「社長自ら営業をしないといけないまでに、会社経営が苦しいんですか?」

すると月冴は声をたてて笑った。

「経営はおかげさまで黒字だ。これは営業のための客引きではない。むろん、同業者に依頼を横取りされたから、仕事を補填しようとしているわけでもない」

「ではなぜ?」

すると月冴はじっと彩葉を見つめ、自嘲気味に小さく笑った。

「思い出すんだよ、ゲス男に騙《だま》されて死んだ……俺の妹を」

冷ややかだったその目が、切なげに揺れる。

「つらかったろうに、妹は恨み言を言わなかった。どれだけ苦しんでいるのかわかっていたくせに、俺は……妹を助けてやることができなかった。だから、あんたを助けたいと思うんだよ。せめてその心を代行してやりたいと」

それを聞いた彩葉の心から警戒心が薄れていき、代わってじんじんと……共鳴のような疼きが広がるのを感じた。

「顔が似ているわけでもない。雰囲気だって違うのに……だけど、妹の影がちらついて。本当なら誉田が詐欺師だとわかった時点でなんとかしてやりたかったが、時はすでに遅かった。ならばせめて事後でも、力になってやれたらと声をかけたんだ」

誠実な人間なのだろう。己の無力さをわかっているからこそ、他人の痛みをわかろうとする。それこそが、信頼に値する相手といえるのだと、彩葉は思った。

そう思ったら、彼の申し出を断る理由はない。

むしろ、お願いしたい。

この広い東京の、たくさんの人々が行き交う大通りで、たったひとり声をかけてくれた彼。誉田との切れた縁は、彼に繋がっていたのだと思うようにして。

「では、依頼をさせてください。わたしの願いを……叶えてください」

「……ああ、わかった。どんな依頼だ？」

優しい声を受けて、彩葉は顔をあげて懇願した。

「わたしを、雇ってください。お金がなくて路頭に迷う寸前なんです！」

「や、雇う……？」

それは彼にとっては意外な言葉だったらしい。

「はい。……あ、この依頼も有料であるのなら、分割で天引きしていただけたら、ありがたいです。今、本当にお金がなくて困っていて」

「……もう一度聞くが、あんたの望みって……就職なのか？」

「はい。あ、どこでもいいわけではありません。社長のお人柄に感銘をうけたのです。是非御社にて戦力になれたらと、強く望んだ次第であります！」

彩葉は鼻息荒く、志望動機を述べた。完全に就活の面接である。

月冴はしばし目を瞑ってなにやら深く考えていたようだが、やがて薄く目を開くと、彩葉に問うた。

「……あんた、誉田のこと、好きだったんだろう？」

すると彩葉は、首を横に振って答える。

「いいえ、恋愛感情はありませんでした。まったく」

きっぱりとしたその返答に、月冴は大いに驚いて目を瞠った。

「は？　だって、結婚……」

「節税にもなるし、現行法を考えると結婚した方がお得だろうとふたりで考えたからです。財テクセミナーを縁に生まれたのは、ラブではありません。……同志だと思ったんです。彼もまた、今からいかに資産を増やすかに重きをおいていたし、彼の財テクはセミナー講師よりも素晴らしかったから。互いの豊かな老後のためにタッグを組んだというか」

「豊かな老後……」

月冴がやや脱力気味に反芻すると、彩葉は元気よく力説する。

「はい。豊かな老後です。渋谷にほど近い松濤《しょうとう》にある『瑞祥閣《ずいしょうかく》』……それがとっても素敵な老人ホームなんですが、高くて。でもそこで悠々自適に暮らして人生を終えられると思ったら、今がどんなにつらくても頑張れるじゃないですか。最後に逆転勝ち組になって、笑って人生を閉じたくて」

月冴は頭痛がするのか、片手で頭を押さえ、苦しげな声で彩葉に尋ねた。

「あんた……二十七歳だよな？　俺と同い歳のくせに、もう人生の最後を考えるなよ。俺も、人生の終え方を優先的に考えないといけない気分になるじゃないか」

年上かと思っていたが、彼は同い歳らしい。

（二十七歳で社長……⁉　随分とやり手なのね……。負けてられない、頑張らなくっちゃ！）

返答ももらっていないのに、彩葉はすでに就職する気満々である。

「老後の話はさておき。誉田と体の関係ぐらいはあったんだろう？」

「まったくありません」

彩葉の返答は、一点の曇りなく清々しい。

「誉田のマンションへ行ってなにをしていたんだ？　週に二度は行っていただろう」

動向を見張られていたことは愉快ではないが、部屋の中で繰り広げられていることまでは見られていなかったようだ。最低限のプライバシーは守られていたようで、ほっとする。

「豊かな老後に向けて、共同財産を増やせる手腕が必要だと、財テクを伝授してもらっていました。色っぽいことなど皆無な、血湧き肉踊る熱血講座、一回三万円！」

ばーんと三本の指を立てる彩葉に、月冴の顔は引き攣《つ》る。

「詐欺師の有料講座かよ……」

「詐欺師とは思えない、とても素晴らしい講座だったんですよ。有料だったから一層、予習復習にも力を入れ、毎回質問もして！　わたしの師匠だったんです。……あ、誰かを巻き込んで食い物にする講座ではありません。あくまで、頭脳戦オンリーです」

月冴はため息をつき、緩やかに頭を横に振った。

「誉田の肩は持ちたくないが、あんたを騙すには愛より金だと見破ったところはいいとして、あんたの金への食らいつきようは、想像以上に凄まじかったんだろうな。縁切り屋に頼むほどなんだから。ヤンデレ……怨霊……。なるほど……」

月冴は遠い目をした。

「食らいつくというか……いろんな人や会社を紹介してもらい、彼の指示に従って投資すると、残金がどんどん増えていくんです。お金が順調に増えて成果が出れば、さらに熱が入るじゃないですか。もっと増やしたくなるじゃないですか！」

熱く語る彩葉に、哀れんだ青灰色の瞳が向けられる。

「守銭奴魂に火をつけられ、そして増えた分……講習費用プラスアルファで、ごっそりともっていかれたと？」

「その通りです……。確実な結果を生む財テク術から彼を信用してしまい、三ヶ月も同じ会社に勤めているとばかり思っていました」

彩葉はしゅんと項垂れたが、すぐに顔をあげる。

「……そうだ。わたしには、授業料を払って得た、財テクの知識が！」

月冴は気だるげな顔をして、即座にそれを却下する。

「後継者を作ろうと望んでいない限りは、詐欺師は簡単に手の内など披露しない。どこから足がつくかわからないから。誉田の組織の協力があって、利益が出たように思いこませられただけだ。誉田が紹介した投資会社もすべて、もぬけの殻のはずだ」

「そんな……」

彩葉は思わずよろけてしまった。

「……なぁ。あんた……騙されたんだぞ。一矢報いたいという気持ちは……」

「ないわけではないですが、誉田さんばかりを責めることはできないなと。結局はわたしの目が節穴だったことには違いませんし。せめて愛が生まれていなくて幸運でした。愛なんてあれば、ドロドロの愛憎劇が待ち受けていたかもしれません。やっぱり愛なんて、わたしの人生に不要だと実感しました」

彩葉は笑いながら続けた。

「それにわたし……老後限定ではなく、今もお金が必要なんです。むろん、失ったお金が戻ってくれれば万々歳ですが、いつ返るかわからないお金をあてにして待つだけでは、老後どころか今から行き倒れです。生きるために、すぐにお金を稼ぐ必要があるのです！」

くつくつくつ。月冴は喉元で笑うと、彩葉に言った。

「愛より金の方が大事なのはわかった。……あんた、深刻な愛欠乏症なんだな」

彩葉に向けられたその目は、悲哀に満ちていた。

彩葉は知った顔で愛を語る彼に、カチンとくる。

「金の方が愛より優位性がある……それを認められているからこそのご商売では？」

「金でなんとかできる段階であれば、まだ救いがあるさ。この商売はそのぎりぎりの……境界上にある。俺たちもへたすりゃ引っ張られる。向こう側にある破滅の世界へと。あんたには、たかが恋愛トラブルかもしれないがな」

それは淡々としているのに重い口調だった。

「あんたは……愛が涸れ果てた人間の行く末を知らない。どれだけ悲惨なものか」

彼は――なにを知っているというのだろう。

深い翳りが彼の表情を隠し、無機的な彫刻のように思えてくる。

「俺は、性善説や博愛主義を説くほどできた人間じゃない。だが少なくとも愛が、あんたが大切にする金同様、人間を救い、同時に破滅させるものだということを知っている」

それは意味深で、その眼差しはどこまでも哀れみ深い。

月冴は端正な顔を歪ませ、少し考え込んで呟《つぶや》く。

「……これもひとつの……愛のトラブルか」

そして、大きなため息をついてこう告げた。

「いいだろう、雇ってやる。その重度の愛欠乏症、この俺が、たたき治してやる！」

ぞくりとするほどの熱を込めて。

職を失った日、見知らぬ社長に直談判した彩葉は、こうして新たな職を得たのだ。

❖　❖　❖　❖

チューベローズ本社は、賑わいをみせる大通り沿いにある。

五階建ての自社ビルは、硝子張りのかなり立派な外観だった。

依頼人のプライバシーを重んじるため、一階にある五つの相談室はすべて個室で、完全予約制である。二階には、依頼人の話を聞いて解決へと導く、五名の相談スタッフ兼事務員が在籍。相談スタッフは、上階にいる専門スタッフと連携をとって仕事を進めていく。

専門スタッフは主に三部門にわかれる。

探偵やＩＴ技術者が所属する調査部門、変装や演技スキルが高い者が所属する工作部門、依頼人の精神面を支えるカウンセラーが所属するサポート部門だ。

常時ふたりが在籍しているが、場合によっては外部へ応援を頼むこともある。

依頼を受けると相談スタッフは、社長である月冴か、女副社長である狸塚華《まみづかはな》を同席させる。

持ち込まれる依頼は、感情を剝き出しにして語られることが常。依頼人の言葉と真実は乖離することも多いので、より客観的に分析するため、チューベローズは単数では応対しないのだ。

依頼人に必要なのが〝結果〟より〝過程〟だと判断した場合は、恋愛相談的な形でカウンセラーを交えてこれからのアドバイスをすることもある。

スタッフは依頼人の代弁者として動く。できるだけ依頼人の心情に寄り添い、依頼人が幸せになる方法を見つけたい――それが社長とスタッフ全員の信念だ。

そんなチューベローズに入ってきた新人は、他のスタッフとは異質であった。

研修として最初の一週間は座学、次の一週間は実践を想定して、依頼人に扮したスタッフを相手に模擬応対をさせた。

新人は経験豊富なベテラン社員のように、堂々とした貫禄で語る。

「お客様におんぶに抱っこのヒモ男は、たとえお客様が復縁を望まれても断然縁切りをオススメします。そして愛で悩まれること自体、お客様の貴重なお時間の無駄になりますので、お金を貯める悦びをお教えします」

それを傍観しているのはチューベローズ社長の月冴だ。隣には狸塚がいる。

（なんで、金を貯める話になる……）

月冴は頭を抱えてため息をついた。

「……次の事案はどうだ？」

月冴の声を合図に、別の男性スタッフが涙ながらに被害者を装い、彩葉に訴えた。

それに対し彩葉は表情を崩さずに即答する。眼鏡を光らせて、きりっとしながら。

「告白代行などに金をかけるくらいなら、彼女に花束のひとつでも買って渡されたらいかがですか。……それができたら苦労しない？　いやいや、そんなこともできないでこれから彼女とどう付き合っていく気ですか。無駄なところにお金かけすぎです。そんなにお金をかけたいのであれば、老後のためにいい投資方法が……」

（なんで、老後のために金を増やす話になる……）

月冴のため息は盛大である。

彩葉は背筋をぴんと伸ばし、言葉ははきはきとして、やる気もある。

今まで経理で様々な相手と接してきたせいか、どんな相手にも物怖じしない。

なまじ有能そうに見えるだけに、どんな内容でも金の話で収束する彼女の応対は、あまりに残念すぎて頭が痛くなる。

彼女は、間違ったことを言っているわけではない。

ただ、発言するにも、時と場合と言い方を考えてほしいだけだ。

「彼女に応対させていたら、この会社の存在意義がなくなるな」

彩葉と困り顔のスタッフのやりとりを眺めながら、月冴が小さく呟く。

すると、隣に座る狸塚も、ため息交じりに頷いた。

「同感ですわ。妙に人生経験が豊富で、愛については悟りきったように思えるんですが、彼女……独身で、まだ若いんですよね？」

狸塚は見ているだけでありがたくなる……菩薩系の肉感的なアラフォー美女だ。

「彼女の履歴書によれば、社長と同じ二十七歳で、あら……誕生日、八月三十一日……社長と同じですわ」

誕生日が同じだと聞いて、月冴は驚き、自分の書類を見つめた。

確かに彼女の生年月日の欄には、彼と同じ数字が羅列している。

——二十歳の誕生日、おめでとう。

不意に、薄れかけた声が蘇《よみがえ》り、それが彩葉の声色となった。

月冴はふるりと頭を横に振って雑念を追い払う。

どうかしている。彩葉は誕生日が同じだけで、〝彼女〟ではないのに。

「しかし、九尾さん……色々と達観している雰囲気ですわね」

狸塚が感嘆のような声を出した。

「達観なのか……潔いよな、恋愛トラブルの請負会社だと言っているのに、ここまで堂々と金の話にすり替えるのは。見てみろ、金を語るあの活き活きとした喋り方」

「大切なのは愛よりも金だと言い切るだけのなにかが、彼女にはあったんでしょうか」

そんなふたりの会話がこそこそとなされた数分後。すべてのテストが終わり、審査中ということで、月冴は彩葉を別室で待機させた。

会議室には、各部門から彩葉をテストしたスタッフが集っている。

彼らはこの会社の精鋭で、月冴からの信頼も厚い、創業時からの古参スタッフだ。

彩葉の特性や適性を見極めるために、簡単なテストが行われ、その結果がホワイトボードに書かれている。評価は最高がAで、最低がEの五段階だ。

まずは調査部門。スキル評価は、身体能力A、記憶力A、分析判断力B、注意力B、尾行力E。

テストをしたのは、初老のベテラン探偵の鼬川仁一朗《いたちがわじんいちろう》だ。ハードボイルド小説に出てくる探偵のように、孤高の空気をまとっているが無口ではなく、ふとした会話から様々な情報を得る。動きが緩慢そうに見えて、仕事を俊敏にこなす武闘派の男性だ。

「あの嬢ちゃんは、カトリックの女子校で合気道部に入っていたらしい。体力テストの際に試したが中々の筋だ。怪力といっていいほどの腕力もあるし、戦闘力は高い。その他の能力もいいのに……極度の方向音痴なんだ。何度も通えば慣れるらしいが、新規の場所ならば目の前が常に北らしい。記憶力は優れているのになぜか！」

つまり追跡しても、どこにいるかわからないし、本人が帰ってこられるかわからない。

「それと……あの眼鏡はいただけないな。あれは目立って調査の妨げになる」

確かにあの眼鏡は、独特な彼女のオーラを強めるものだ。気配を隠して尾行することが多い調査部門では、妨げになるものだろうと月冴は同感する。

続いて工作部門。演技・偽装スキル——評価はどれもE。

テストをしたのは、身長が百五十センチしかない狗神慶太《いぬがみけいた》。十代の少年のようなあどけなさを持つが、三十路である。

ひと昔前は天才子役として名を馳せていたが、一時期身を隠して趣味の特殊メイク技術の腕を磨いてきたため、変装すれば老若男女問わずどんな役にもなりきれる。

「彩葉ちゃんは、巨大な大根だよ。本人のメイク技術は壊滅的だし、無表情すぎてどんな施術をしても印象は変わらず。あれだけ変装に向いていない人間って初めて見る。……だけど、あの素顔は完全詐欺！　いろんな人間の顔に触れてきた僕ですら、簡単に騙された。あの顔を隠蔽する眼鏡は、どんな変装グッズよりも優秀で恐ろしいよ。百均に売っていそうなのに、演技力までアップさせる代物だ」

……またもや眼鏡が出てきた。

（あの眼鏡を外すと演技力があがり、メイクでも変わらない顔が劇的に変わるのか？）

どんな眼鏡だと月冴がひとり突っ込む中、サポート部門のカウンセラースキルに話が移る。これはどれだけ相手に寄り添い、的確なアドバイスをできるのか……という、フォロー的なスキルだが、評価はどれもE。

狗神と同い歳の、女性心理カウンセラーである飯綱縁《いいづなゆかり》はため息をついた。

「ラブが……欠乏しすぎています。どんなテストをしても、金金金……あんな金の亡者、初めて見ました……」

元々痩身の小柄な女性だが、一段とげっそりとしていた。

彩葉の愛欠乏症は、専門家でも辟易《へきえき》するほどの重症だったらしい。

「でも感情そのものが欠乏しているのではなく、優しさとか情はあるんです。絵本を読ませると涙もろいし、一般的なラブへの理解はある。だけど完全別世界での他人事。それまで客観的に理解していたラブが自分の世界に入り、それが主観的になった途端、彼女はラブを遮断し、超ポジティブなお金の至上主義へと変わるんです」

飯綱はこの会社の中でも一番に愛を重んじる。だからこそ、愛より金の、単純にも思える彩葉の精神構造を理解するのに、かなり力を浪費してしまったようだ。

「恐らく多感な思春期あたりに、ラブに関して傷つくことがあったんだと思います。投影法《ロールシャッハテスト》では、家族に対してかなり強い守りと諦観の姿勢に入っている。ラブを否定してお金へ強い執着を見せるのは、ラブによってもう傷つきたくないという意志の表れ、現実逃避なのかもしれません。うちで生の恋愛事情に触れることで、現実と向き合ういいきっかけになるんじゃないかと……」

続けて飯綱はこうも言った。

「あの眼鏡、とった方がいいと思うんです。呪いを封じるアイテムらしいですが……それによってラブが欠乏しているのなら、逆にとったらラブが戻るのではと思ったり……」

（呪いを封じるアイテム……？　なんなんだよ、あの眼鏡……）

月冴が謎の眼鏡の正体をあれこれ考えている中、話は進む。

月冴と狸塚が評価した客への応対スキルは、ふたり揃ってE判定。

しかし、事務スキル、計算スキル、ＩＴスキルは、どれもがＡだ。

すべての結果が出そろい、信頼を寄せる部下の意見を聞いた月冴は、腕組みをして言う。

「総合的に判断をするのなら……事務員としてはかなり優秀だが、うちが求める特殊スキルは皆無で、即戦力となる能力は見受けられないということ」

彼女の能力が最大限に発揮されるのが、客と関わり合いのない仕事であるのなら、それをさせることで会社的に有益にはなるが、彼女の愛欠乏症は治らない。

治してみせると豪語した自分の言葉も嘘になってしまうし、愛を取り扱う会社として、彼女の愛の欠乏トラブルを等閑《なおざり》にするのはどうかと思う。

それはスタッフも多少とも、感じたのだろう。

「社長。調査部門で、ＧＰＳを持たせて眼鏡さえ外せば、なんとかなる気がするぞ」

鼬川が口にすると、狗神も頷く。

「あの眼鏡さえなければ、工作部門もなんとかいけるかも」

「眼鏡をとってラブが戻ってくれれば、サポート部門でも、もしかすると……」

（外せば、使える人材になるって、どんな眼鏡だ？）

月冴がそう思っていると、飯綱がしみじみといった口調で言う。

「ただ……呪い封じのアイテムをとることで、なにかが目覚めたらいやですよね。たとえば〝魔性〟とか。こちらの方が、使いものにならなくなってしまうかもしれませんね」

「あ、でも……社長なら弾き飛ばしそうだと思わない？　そういうのに耐性ありそう」

狗神の声に皆が笑って頷く中、月冴は再び七年前のことに思いを馳せていた。

魔性——ただの人間には持つことができず、なにをしても逃れきれない……妖しい色香を持つ存在のことをいうのなら、〝彼女〟がそうだった。

体を求め合ったのは自然な流れ。静かな行為だったはずなのに、〝彼女〟を抱けば抱くほどに、性に淡泊だった月冴が獰猛な性衝動を抑えきれなくなった。

〝彼女〟もまた、呼応するように妖艶さを強め、彼を煽り溺れさせていく。

体の震えがとまらぬあの高揚感。

泣きたくなるほどのあの喜悦感。

繋がることで愛おしさに包まれたあの充足感。

官能的な香りが漂う中で、好きだとふたりの声が揃った瞬間、〝彼女〟と心を通わせた彼の世界は光に満ち、今まで見えなかった未来が明るく輝いた。

心身ともに満たされた彼は、〝彼女〟を抱き締めたままぐっすりと眠った。

——その明くる朝、〝彼女〟は消えていた。

ホテル代の他、柔らかな甘い匂いと、破瓜の痕を残して。

〝彼女〟は「ツキシタカオリ」と名乗っていた。

月冴はずっと探し続けていたのだ。同じ誕生日の〝彼女〟を。

（月下香……あの時咲いていた花の名だと気づかずに、それが本名だと思って、調べて調べて調べて……チューベローズなんていう名の調査会社を作ってしまうとはな）

月下香、別名チューベローズ。

彼の生家御先家に伝わる、天狐という謎の存在を封じて怨霊化させた花であり、七年前に亡くなった妹が好きだった花でもある。

長く伸びた茎に、男女のペアのように……二輪ずつの白い花を咲かせる。

夜になるにつれ、官能的な芳醇な香りを強く放つ——そんな魅惑的な花。

妹と〝彼女〟を思い出させる月下香に、いまだ月冴は囚われ続けている。

「社長？」

狸塚の声に、月冴ははっと我に返った。

「ああ、すまない。ちょっと考えごとをしていた」

そんな月冴を見て狗神が伸びをしながら笑った。

「しかし、専門スキルや経験値を重視する社長が、『ちょっと出かけてくる』と出ていって戻って来たら、元ターゲットを新入社員として連れてくるなんてなあ。いつだって情に流されることのない冷徹社長が、なにを絆《ほだ》されてしまったんだか。でも僕はワクワクしてるよ。彼女、なんか掻き回してくれそうじゃない。重苦しい僕たちの仕事や社長を」

「……俺も重苦しいのか？」

「言葉のアヤだよ、アヤ。ま、軽くないのは間違いないけどさ、面倒臭い感じ？」

くすくすと他からも笑い声が聞こえるということは、全員がそう思っているのだろう。

月冴はなにか面白くない。

そんな月冴を宥めるかのように、鼬川が話題を変えて尋ねてくる。

「なぁ社長。彼女から、誉田に奪われた貯金額を聞いたんだが、いくらだと思う？」

「働いて五年目の独り暮らしだから、六百万以上は貯め込んでいたのでは？　一千万貯めていたといわれても、驚きはしないが」

あれだけ金に執着を見せているのなら、日々倹約して生活費を切り詰めていそうだ。通帳に記された金額をオカズにして、白米だけ食べていると言われても納得できる。

「それが……百万なんだ」

鼬川の言葉に誰もが驚いた。

それは決してはした金ではないけれど、彩葉の様子からすれば少なすぎる気がする。

「もしかして、怪しい財テク講座に金をつぎ込んでいたのかもしれないな。誉田の胡散臭いセミナー講座にも惜しげ無く金を使っているくらいだから」

「俺もそう思って聞いてみたんだ。だけどな社長」

鼬川は険しい顔をして言う。

「毎月の貯金額は二万しかないと言うんだ。給料を聞いてみれば、ちゃんと金額はもらっている。ボーナスもある。残業代も出たという」

「借金があるとか？」

狗神の問いかけに、鼬川は首を横に振る。

「借金はないらしい。住んでいるところも、格安オンボロアパートだというし、倹約生活をしているという。それなのに、貯金は毎月二万。これはなんだと思う？」

それはまるでなぞなぞを超えて、禅問答のようである。

——それにわたし……老後限定ではなく、今もお金が必要なんです。

確かに彼女は、現在も金は必要だと言っていた。

「月十五万、なんと母親へ仕送りをしているらしい。実家は亡き祖父の持ち家でローン返済なし。彼女が学生の頃に父親は亡くなっているが、遺族が生活に困らないほどの保険金が出たようだ。現在妹も私立高校から私大に進学しているとはいえ、彼女が生活を切り詰めながら、毎月欠かさず仕送りしている理由は、家計を助けるためというよりも、今まで育ててくれた感謝費用プラスアルファらしい。ボーナスも丸々渡していたようだ」

「なんとまあ……」

狸塚が驚きの声を漏らす。

「仮定の話で、前の職場よりうちの職場の給料がよければ、貯金に回すのかと尋ねてみたら、仕送りに回すという。そこまでの孝行娘なのに、母親とも妹とも疎遠らしい。あの嬢ちゃんが金に走るのは、実家となにかあるのかも」

するとと飯綱が頷きながら言った。

「心理テストで〝家族〟がひっかかりましたから、彼女からラブが不足しているのは……そこが問題なのかもしれませんね。実家が彼女にお金を要求している可能性があります」

彩葉は月二万の貯金で、老後に高級老人ホームに入ることを夢見ている。

何十年掛けて、その資金を貯める気なのだろう。

——でもそこで悠々自適に暮らして人生を終えられると思ったら、今がどんなにつらくても頑張れるじゃないですか。最後に逆転勝ち組になって、笑って人生を閉じたくて。

(今がどんなにつらくても、か)

「子供の幸せを願わず理不尽な要求ばかりつきつけているのなら……とんでもない親だな。なんだか妙に、彼女の守銭奴ぶりが嘆かわしく思えてくる」

月冴は乾いた笑いを浮かべた。

「他人事には思えない」

そう言うと、狗神が笑った。

「最初から社長、彩葉ちゃんだけは特別だったよね。シンパシー、感じちゃっていたんじゃないの？　そうだ！　だったら、彩葉ちゃんは社長が育てればいいじゃないか。社長が愛を教えればさ」

意味深な部分は気づかないふりをして、月冴はため息交じりに頷いた。

なんだか、そうなる予感はしていた。

いや、そうしたいと思っていた。自分の庇護《ひご》下におきたいと。

詐欺師に騙されてぼろぼろになって死んだ妹を彷彿させる、九尾彩葉。

彩葉の力になりたくて声をかけたのは、証明したかったからだ。

――お兄ちゃん。誰も恨まないでね。私がいけなかったの……。

――助けてくれてありがとうって……思ってね。恩は……返さないと。

自分はもう、妹を救えずに死なせてしまった……そんな無力な男ではないことを。

……そう。妹への罪悪感を紛らわすための自己満足だ。

彩葉が恨み言を言ってくれれば、それでわだかまりは少し薄れたはずだった。

まさか、雇用を懇願されるとは思ってもみなかった。

実際の彩葉は、妹とは違う逞しさを見せつつ、遠目でも近目でも……どこか放っておけない危うさがあり、少しだけ「ツキシタカオリ」がだぶって見えたことは認める。

〝彼女〟と同じく、月冴と同じ誕生日だという彩葉。

彩葉が〝彼女〟であれば、さすがに月冴を見てなんらかの反応があるはずだ。

チューベローズが月下香の別名だと知らなくても、ロゴにしてある花のイラストを見て思うところはあるはずだ。それなのに彼女は完全にスルー。

それに七年前の〝彼女〟は、月冴同様に愛に飢えていたが、彩葉は愛を拒んでいる。

――なにかが目覚めたらいやですよね。たとえば〝魔性〟とか。

（眼鏡を取ってあの時の魔性が蘇ったら、それはそれで面白いかもしれないが）

そうしたら妹のような彩葉に、あの猛々しい衝動を感じるのだろうか。

……ありえないだろう。彩葉は〝彼女〟ではないのだから。

そんなことを考えていたから、月冴は他のスタッフたちがなにを話していたのか、聞き逃してしまったのだ。だから気づいた時には、話がこうまとまっていた。

「――ということで、彩葉ちゃんの救済プランとして、社長と同居が決定！」

狗神の声に、拍手が送られている。

「ちょっと待て。なんだそれは！」

「聞いてなかったの、社長。まずは彩葉ちゃんに経済的にゆとりを持たせるため、生活費として削れるところをカット。一番カットできるのは、家賃かなって」

「だからって、なんで俺の……」

「社長の部屋は、このビル最上階をリノベーションして、無駄に広く使っているんだし、会社的に彩葉ちゃんの交通費もかからなくなる。それになんといっても、社長は仕事馬鹿だから、食事も睡眠もろくにとらない。彩葉ちゃんに見張っててもらえれば、こっちも安心だし。皆で交代で、社長に人並みの生活をさせる苦労もなくなるしね」

「だからといって……。だったらその分、給料をあげれば」

「あ～、ボンボンは、そんなんだからいやだよ。入って数日の彩葉ちゃんの給料をあげて、僕らより好待遇にしちゃうんだ。どう思う、皆～？　やる気、削がれちゃうよね～？」

頷くスタッフたちのオーラがどす黒い。

「社長宅には、僕たちもよく仮眠とかお邪魔させてもらったりしているし、スタッフルームの延長みたいな形で、スタッフ想いの社長が気軽に開放してくれているんだなと思っていたんだけれど。それとも～？　社長、彩葉ちゃんには手を出す心配とかしてるわけ？真下が会社なのに、いやらし～いことしちゃおうとしているの？」

挑発的な物言いに、思わず月冴も言い返してしまう。

「そんなわけあるか！　俺は女より仕事だし、第一俺は他に想う女が！」

すると、事情を知っている狗神以外のスタッフたちが目を輝かせた。

「あらあら。社長が女性に興味を持たないのは、一部のスタッフが噂するような、狗神さんとただならぬ関係だから……ではなかったんですわね」

「そうか、女っ気がないうちの社長にも春は来ていたか……」

「ふふふ。社長にラブ！　まことにまことに、喜ばしいことですわ」

自爆した月冴は体を震わせる。

「ちなみに、それとなく彩葉ちゃんに打診したら、ノリノリだった。男とふたり暮らしすることに抵抗はないのかって尋ねたら、笑い飛ばされたよ。まったくそんな気にならないし、仮に社長が襲ってきても、ねじ伏せる護身術は身に付けているからって」

それはそれで男としてどうなのだろう。

「というわけで。彩葉ちゃんと部屋をシェアするか。それとも僕たち全員の進退をかけて彩葉ちゃんの給料をあげるか。親孝行しているゆえに愛を欠乏させている可哀想な彩葉ちゃんを見捨てるか。……社長、ご決断を」

狗神に倣い、他のスタッフたちも笑いをかみ殺し、「ご決断を」と復唱して頭を下げる。

……会社として機能し始めたのは三年前だが、皆とは長い付き合いだ。

だからきっとわかっている。

彼が、一度懐に入れたスタッフは、見捨てることがないことを。

第二章　それは愛の呪いにつき

ねんねこしゃんしゃん　おころりよ
こんこん　てんことねんねこよ
かわいいあこには　かかさまが
きゅうこのしっぽを　ゆりかごに
いぬがめころころ　なくあこに
げっかこうで　ねんねこよ
ねんねこしゃんしゃん　おころりよ

どんな夢であったかは定かではない。
夢の延長の子守歌で、彩葉は今日も朝を迎える。
その歌ははるか遠い昔、母が歌ってくれたものだ。
優しい声で体をゆっくりと揺らされ、甘い匂いに包まれた。
憂い事などなにもないのだと、安心できる懐かしい思い出——。

だが母の優しい記憶があればこそ、情に足をとられた彩葉の闇夜は明けることはない。

今何時か、スマホを見ると、彩葉がいつも入力している予定表のアプリから、今月の予定として通知がきていた。

『家に振り込み、十五万』

それを見た彩葉はため息をついた。

毎月決められた日に、朝一番で振り込まないといけない。

少しでも遅れれば、母親から鬼のような催促がくるのだ。

彩葉は大学進学を機に独り暮らしをした。たて替えてもらっていた大学費用は、利子を多くつけてすべて返済したが、それを終えても、母親は金を催促した。

——血の繋がらないお前を、なに不自由もなく育ててやった感謝の念もないの？

——お前は大学へいったくせに、可愛い妹はいかせないつもり？

感謝はしている。

実の親に捨てられて、施設に預けられていたという孤児を、血の繋がりがない両親が引き取り、愛情を注いでくれたことは。

……そう。両親にとって第一子となる、妹が生まれるまでは。

親の血を引く実子が生まれたのは彩葉が七つの時。

その時から彩葉は、親から煙たがられる存在《こども》になり果てたのだ。

母親から明らかに悪意を向けられたのは、父親が病死した十八歳の時。

彩葉にとって父親は、いつも威張っていて守ってもらったこともない。

――血の繋がらないお前を育てた優しい父さんが、なんで死なないといけないの⁉

――疫病神よ、お前は！　凶々しい血を引いているんだわ！

だから進学を理由に家を出た。誰かに八つ当たりしたい気持ちはわかる。しかし猫かわいがりされる妹を見ていたくなかった。愛の偏りを見たくはなかった。

　ねんねこしゃんしゃん　おころりよ
　こんこん　てんことねんねこよ
夢の歌声が続いている。

これは彩葉を縛る、呪いみたいなものだ。

「最近またこの歌が聞こえるようになったのは、寝心地いい羽毛布団のせいかも」

数日前から、彩葉は――月冴の家に居候をさせてもらっている。

会社のビルの最上階。通勤時間が階段を下りる数十秒という、好立地条件だ。

しかも独り暮らしのくせに、３ＬＤＫという広さがある。

モノトーンで調えられた室内は、やや殺風景に見えるものの、まるでモデルルームかのような清潔感とセンスに溢れている。

バルコニーはないが、インナーテラスが設置され、そこに洗濯物も干せる。

水回りも採光も十分で、月冴が使っていない部屋は、ゲストルームとしてスタッフが自由に使っていたようだ。

そのうちのひとつが彩葉の部屋となったが、彩葉が今まで住んでいたのはオンボロ１Kで、それよりも広くて綺麗だった。

なにより窓の隙間から虫も入らないし、冷房もついているし、布団が煎餅ではない。ふかふかな羽毛布団は、母親に抱かれている赤子の気分にさせるのだろう。

職だけではなく住居まで面倒をみてもらえるとは思っていなかった。

御先月冴――見た目は近寄りがたい雰囲気があり、他人を拒んでいるように思えるのに、なんてお人好しな男なのだろう。

聞けば、捨てられた動物などを見過ごすことができないタイプらしい。

――この家は今後もスタッフも多く出入りするだろうし、気軽に使ってくれ。

――表向きはシェアという形をとるが、家賃や光熱費など諸々はいらない。

月冴は対価を要求しなかった。これも愛欠乏症治療の一環と言われたため、体を要求されるのかと思ったが、彼はまったくそのつもりはないようだ。

――ただひとつだけ、条件がある。

それは、浮いた費用分を仕送り以外のものに使えとのことだった。

なぜ彼が仕送りのことまで知っているのかと思ったが、そういえば鼬川に話していたことを思い出す。鼬川はなぜか、聞き出すのがうまいのだ。

――老後の生活が楽しみならそれの貯金に回してもいいが、わずかでいいから今の自分のために金を使ってみろ。服でもいい、化粧品でもいいから。

――ただし、財テクに関するものは禁止！

月冴はそう言った。

中々にスパルタな治療法だと言うと、彼は「どこが！」と吐き捨てたが。

されてばかりではただの厄介者だから、家事をやらせてほしいと懇願した。

やはり無償の愛というのはありえないと思う自分がいる。

それを見越したのか月冴は苦笑して了承してくれた。

そして月冴の家にいてもいい理由を見出した彩葉は、同居生活をスタートしたのである。

「さて、起きますか」

彩葉は起床して朝食の支度をする。

今まで自分ひとりだったから適当だったけれど、スタッフたちに言われている。

――超多忙な社長が倒れない、栄養とエネルギー補給ができる食事を頼む！

彩葉がチューベローズに来てまだ二週間あまり。彩葉をテストした古参スタッフたちは、やたら月冴を心配する。彩葉のことより月冴のことで声をかけられる頻度が高い。

彼はどれだけ愛されているのだろう。

月冴は頼りない男ではない。むしろ頼もしい男だ。

判断力も統率力もあり、ややお人好しではあるが優しいし、周囲から慕われるために生きてきたような男である。

そんな彼を、古参スタッフたちは、我が子のように思っているらしい。

年上だからそう思えるものか、彩葉にはその感覚はわからない。

さらに彩葉にとって、親は子供に対価を求めるものであるけれど、対価を求めず、逆に彼の知らぬところまで月冴を慮《おもんぱか》る彼らの存在は、奇妙に思えた。

今朝は和食にして、味噌汁の味見をしていると、月冴が現れた。

シャワーを浴びていたようだ。

「お、いい匂いだな。おはよう」

「おはようございます！」

彼の家だし、プライベートはくつろいで構わないのだが、素肌に羽織っただけのワイシャツ姿はやめてほしい。野性味溢れる、逞しい胸板にどうしても目が奪われてしまう。

しかも少し湿ったような濡れ髪がまた、彼の色香を強めており、彼がいかに男として優れた姿態の持ち主かを、見せつけられている気分だ。

「あのさ……」

「はい？」

「間近で、ガン見するなって。さすがになんというか……」

「――!?」

気づけば至近距離。キッチンから彼のそばに移動した記憶がまったくない。

「わたし、瞬間移動したんですか？」

「は？　眼鏡をくいくいさせて、鼻息荒くドスドスとやってきたぞ？」

「なんででしょうね。わたし、社長を男としてなんかまったく意識していないのに」

　すると月冴は冷ややかに笑う。

「それは気が合うな。俺もあんたのことを女として意識していない」

「あ、狗神さんから聞きました。社長に想い人がいらっしゃると。その彼女と再会できなければ、残念なシスコン男で生涯を終えるだろうと」

「狗さん、そんなことを⁉」

　驚愕しつつ、図星をさされた月冴の耳が赤い。

「社長、女泣かせの見てくれしているのに、わたしみたいに純情なんですね」

「あんた、恋をしているのかよ」

「お金に」

　力強く即答すると、月冴はため息をついてテーブルについた。

　ひとりだった彩葉の世界に月冴がいるのは、おかしな気分だ。

　鬱々とした気分にならずに、こうして誰かと食事をとるのは、いつぶりのことだろう。

「……あのさ」

　月冴は、地味な色彩の朝食をつまんでぼそりと言う。

「かなり美味いよな、九尾の料理」

　彩葉が入社してから、月冴は彩葉のことを苗字で呼ぶようになった。

〝あんた〟から、少し距離が近づいたようだ。

「それはよかったです。実家では食事係で、だけど誰も感想を述べてくれなかったから。わたしが作るものは平凡以下だと思っていたので、褒めていただけるのは嬉しいです」

「……母親は、食事を作ってくれなかったの？」

「妹の面倒を。七歳年下の妹がいるんです。だから家事はわたしの仕事で。わたしが家を出る時は大変でした。父が死に、悲しみに暮れる家族を見捨てるのかって騒がれて。でも飛び出したんです。わたし……反抗期だったから」

　彩葉はくすくすと笑い声をたてた。

「……そのツケを金で払っているわけか」

「ツケじゃないです。育ててもらった感謝の気持ちです」

「親なんだから、育てるのは当然だろう」

　彩葉は無理矢理に笑みを作って言った。

　なぜだか月冴には、自分語りをしたくなったのだ。

　それは同情されたかったからではなく、ここまで温情を向けてくれる恩ある月冴に、自分を知ってもらいたかったからだ。

「わたし――養女なんです。両親に拾ってもらわなければ、人間らしい生活ができていなかったかもしれません。血の繋がらないわたしを育ててもらったことに感謝しないと」

　ある時は他人で、ある時は子供で。道具のように利用され、今では体の良いＡＴＭだ。

　わかっているのにそれを拒めないのは、昔に可愛がってもらっていた記憶があるから。

優しかった頃に戻ってもらいたいという気持ちがあるからだ。

一縷《いちる》の望みをかけて、その愛を金で繋ぎ止めてきたものの、欲しい愛は手に入らない。

金でも愛が手に入らないのは、わかってはいるのだ――。

「……妹も養女？」

「いいえ、実子です。両親の念願の本当の子供。わたしはもう……必要ないんです」

月冴はなにも言わなかった。

しかし眉間に皺が刻まれ、彩葉の言葉に納得しているようではなさそうだった。

空気が重くなっているのに気づき、彩葉は朗とした声を響かせて話を変える。

「朝からしんみりさせてしまいまして、すみません！　そうだ、狗神さんからもらった、チューベローズの鉢……蕾がついてきたんですよ」

インナーテラスにおいてある植木鉢。すっと伸びた茎の先に、白い蕾が見える。

「楽しみです。会社の名前になったお花を見るのは」

月冴は鉢ではなく、彩葉を見て小さく言った。

「別名を……月下香という」

「ゲッカコウ……？」

途端に、夢で見た子守歌が頭に流れた。

げっかこうで　ねんねこよ
ねんねこしゃんしゃん　おころりよ

「知っているのか？」

「いえ……母の子守歌に、そんな響きの言葉が出てきまして。今まで意味がわからずにいたんですけれど。それはどう書くんですか？」

「漢字だ。ツキシタ、カオリ……」

なにかを窺うように慎重に口にした月冴だったが、彩葉はそれを反芻して笑う。

「ツキシタカオリちゃんか！　開花するのが楽しみ！」

「そうか。そうだよな……」

月冴は乾いた笑いを見せて、わかめの味噌汁を啜った。

「なんだかふんわりとした、いい匂いですよね」

子守歌を思い出したせいだろうか。

遠い昔、その匂いを嗅いで、母親にあやされたような気すらしてくる。

「開花して、夜になると……また香りが変わる。清純だった香りが官能的なものへ」

「へぇ！　夜……月が関係あるのかしら。不思議なお花なんですね。なんだか月で変身する、狼男とか妖かしの類いみたい」

「そうだな。……一度囚われると離さない、魔性の花かもしれない」

月冴は静かに視線を落とした。

❖　❖　❖　❖

なぜ月冴の家が会社の真上なのかと本人に尋ねてみると、スタッフの総意だという。

そこで狗神に声をかけられた時に聞いてみると、「そうでもしなければ、帰るのが面倒だと徹夜で仕事するから」とのこと。

月冴が特に力をいれ、撲滅に力を注ぎたいのは、結婚詐欺らしい。

それは彼の妹の自死の原因ともなったものだから、それに関する依頼がくると、月冴は依頼に関する調査に没頭してしまうようだ。

――彩葉ちゃんだけなんだよ、社長が私情を見せて、さらに内側に踏み込もうとした被害者は。いつも仕事として割り切って対応していたのにさ。別に誉田が妹に繋がっていたわけでもないのに。

妹――。

確かに月冴自身、先にそれを告げていた。彩葉は妹を彷彿とさせるのだと。

だから彩葉は、恩返しの一環として、月冴にもじもじしながら言ってみた。

お兄ちゃん、と。

しかし、月冴にへんなものでも見たような眼差しを向けられた挙げ句、こう言われた。

――病院、連れていってやるか？

妹みたいだと言っていたくせに、ひどい男である。

ぷりぷりと怒っていたところを狗神に見つかり、その一件を彼に愚痴ると、狗神は声をたてて笑った。

——あははは。だったらやっぱり、彩葉ちゃんは妹じゃないんだよ、最初から。それは声をかけるための口実で。今どき、そんなナンパなんて流行らないのにね。

ナンパが愛を求める行為というのなら、愛する人がいる彼には無縁なものだ。

月冴に想い人がいると教えてくれたのは狗神なのに、おかしなことを言う。

月冴の彼女への愛は、相手がいないのに枯れることはないのだろうか。

男女の愛なら、途中で消えてしまわないものなのか。

そう思っても、月冴の補佐として依頼人の悩みを聞いていると、やれ相手の愛が重すぎるだの、やれ相手の愛がなくなっただの、やたら愛は増減している。

愛があるだけいいと思うのに、それがなくなれば恨みになり、それが過剰だと恐怖を感じて逃げ出そうとする。人間とはこんなに愛に依存して生きるものだったのか。

なんとなくだが月冴たちは、依頼人の心身を保つ愛の天秤を、平衡にするために色々と苦心し、知恵を振り絞っている気がする。

なぜそこまで献身的になれるのだろう。

(やっぱり『お金って大切よね』という結論にしか行き着かないんだけれど……。どうしてわたし以外のスタッフは、そんな結論にならないのかしら)

「……九尾。その……近すぎやしないか。怖い」

気づけば——。

彩葉は珈琲が入った月冴のマグカップを片手に、月冴を間近でガン見していた。

「あれ？　淹れ立ての珈琲を社長のカップに注いでいたのに、また瞬間移動を……」

「いや。きちんと眼鏡を光らせて、ずんずんと歩いてきていた」

「そうですか。家でもそんなことがあったし、わたしまた記憶障害出ているのかしら？」

「それは考え事をしているからだろうし……って、え？　〝また〟記憶障害？」

彩葉は苦笑した。

「昔、事故にあって頭を強く打った後遺症で、その前後の日々のことをごっそり丸々、忘れてしまったんです。今のところ、記憶が欠けているのはそこだけで、特に影響はないから治療はしていません。……もしかして愛がよくわからないのも、記憶が不完全だからとかだったりして！」

「……記憶がないのは、いつの話？」

笑い飛ばされるかと思いきや、月冴の顔は真剣だった。

「ええと……二十歳の時です。二十歳の誕生日の時」

「二十歳の……誕生日……まさか。なあ、その眼鏡、外せよ」

突如手を伸ばされ、眼鏡を摑まれそうになる。

彩葉は慌てて眼鏡を押さえた。

「いやいやいや、これはだめです」

「なぜ！」

「なぜって……社長こそ、なぜ突然、眼鏡に食いつくんですか！」

実は古参スタッフたちは、彩葉と顔を合わすたびに、月冴のことを心配するとともに、眼鏡を外さないかと言ってくるのだ。皆、この眼鏡に異常な興味を持っている。

そして今、スタッフルームには狗神と狸塚が話し込んでいたが、ふたりの視線も注がれているのがわかる。これは……〝期待〟の視線だ。

（そんなに眼鏡を外させたいの？）

「眼鏡を外してくれ。頼むから」

しかも月冴に限っては切羽詰まった顔をして、懇願までしてくる。

（一体なによ、なんだって言うのよ……）

退いてもくれなさそうなため、渋々と彩葉は外せない理由を説明した。

「実は事故に遭って以来、男のひとに妙に絡まれることが多くなってしまって。大体は護身術で切り抜けられるんですが、時折絡んできた男とは違う苦しげな男の声が聞こえてきて。これは精神をおかしくしたか、事故で怨霊に憑かれたのではないかと悩んだ末、まずは有名な霊媒師さんのところにいってみたんです」

「霊媒師……」

呟いた月冴が、とても渋い顔をした。

「社長はそういうの信じませんか？」

「いや……信じすぎる困った身内がいるもので」

いやにしみじみと言われ、彩葉は同情した。

「何ごともほどほどが肝心ですよね。まあわたしも、基本、霊障とかは信じないから、物は試しという程度で会ってみたんです。すると霊視の結果、血の呪いが事故で目覚めたのだと言われて」

「血の呪い……」

「ええ。報われない恋をした先祖がいるそうです。それが子孫の恋愛や、世間一般的な愛に関する部分に干渉している。その呪いが〝憑き物〟を引き寄せるようで。そういうものに敏感体質なひとは、憑依状態になっておかしな言動をとるのだと」

それらはぎらついた目を血走らせ、執拗に追い回してくる。

合気道でやりこめても、また叩きのめしてくれと言わんばかりに現れる。

今は数人とはいえ、この先連鎖的に増えたらと思うとぞっとした。

「それを聞いたら、呪いを綺麗さっぱり浄化してもらいたくなるじゃないですか。しかも良心的なお祓い料だし。だけどその霊媒師さん、あまりにわたしの血は特殊で強力すぎて祓えないからと、代わりにこの眼鏡を無料でくれたんです。これをかけ続ければ血の呪いは薄まるからと。騙されたつもりでかけてみると……」

月冴の目が哀れむようなものになっているが、気にせず彩葉は力説する。

「声も、絡まれることもなくなったんです。これは度も入ってなくて、むしろ裸眼の方がよく見えますが、すごい呪い封じのアイテムなんです！　……まあ、七股詐欺師は突っぱねることができませんでしたが」

「誉田のことはともかく、そんなすごいものには見えないが……。事情はわかった。すぐに終わるから、眼鏡をとって」

「呪い封じの眼鏡をとって、なにかが出てきたらどうするんですか」

「また眼鏡をかければいいだけだ」

「そうかもしれませんが、だめです」

「狗さんには見せたんだろうが。なぜ俺はだめだ？」

「あのひとはすばしっこいし、不意打ちを……だめですって！」

彩葉が必死に眼鏡をとられまいと奮闘している最中に、背後から声をかけられた。

「彩葉ちゃん、窓！　早く！」

「え⁉」

割り込んできたのは、いつの間にかこの場にいた狗神である。

変装が必要となる仕事が入ったのだろうが、つばのついた帽子をかぶり、Tシャツに短パンの格好で、今にも蝉とりでもしそうな少年姿だ。これで三十路とは思えない。

彼の声にまんまとひっかかった彩葉が、反射的に窓に顔を背けた瞬間、彩葉より背の低い狗神が、ぴょんと飛び跳ねて、彩葉から眼鏡を奪った。

「狗神さん⁉」

「彩葉ちゃん、学習しないと！」

笑う彼に眼鏡をとられたのは二度目である。最初はテストと称したメイク時だ。

それでも彼の態度は変わらず、目が血走ることもなかったから密かに胸を撫で下ろしていたが、今――彩葉の顔をまじまじと見ているのは、月冴だ。

青灰色の瞳を裸眼で見つめた彩葉は、その吸引力にぶるりと身震いした。

(ダテ眼鏡だろうと、遮るものがなければ、こんなにも吸い込まれそうになる魅惑的な瞳だなんて……)

同時に体が熱くなり、鼓動が早くなる。

その急いた感覚に妙に焦った彩葉は、狗神から眼鏡を奪い返すと、装着する。

いつも通りの平静さを取り戻せて、彩葉はほっとした。

「……どうです、社長。彩葉ちゃんの素顔、完全詐欺でしょう?」

狗神の問いに、月冴はなにも言わなかった。

ただ驚いた顔で、固まっている。

(やだ……。もしかして呪いのせいとか?)

彩葉が心配していると、月冴は抑えた声で尋ねてくる。

「俺のこと……わずかにでも覚えていないか?」

その声音はかすかに震えていた。

「二十歳の誕生日に、俺と会ったんだ……」

なにか彩葉の中で騒ぎ出すものがあったけれど、それは形にならない。

今にも泣き出しそうな青灰色の瞳がなにか記憶を刺激したが、それだけだった。

「ごめんなさい」

彩葉は困り顔で言った。

「社長と会っていたとしても、覚えていません……」

彩葉の返答に、明らかに月冴は肩を落とした。

その理由を知っているのか、狗神が実に複雑そうな顔で月冴の背を叩いて慰めている。

しかし月冴が気落ちした様子を見せたのはその時だけ。

「社長～。お話し中にすみませんが、お時間です」

申し訳なさそうに時間を告げる狸塚の声を耳にすると、

「……依頼人がくる。九尾ついてこい」

月冴は、完全に私情を消して社長としての顔を見せている。

その貫禄ある統率者の姿に圧倒されそうになりながら、彩葉は慌てて月冴のあとについていった。

❖　❖　❖　❖

依頼人は三十二歳の男性だった。近所でよく見かけるような、普通の男性だ。

しかし目が忙しなく動き、どこか落ち着きがない。

「同棲中の彼女の様子がおかしいんです。地味だった彼女が突然派手な服を着たり。スマホを手にして僕がいないところであきらかに誰かとやりとりをしていて」

……浮気調査依頼らしい。

よく聞くパターンだ。これは完全にクロだろうと彩葉は思った。

月冴には口を出すなと言われているため、彼女は相槌係だ。

「おかしな男に騙されていないか、心配なんです。まるでなにかに憑かれたかのように変わってしまったから。もしも彼女にとって素晴らしい男が相手なら、僕は彼女のために身を引きます。だけど彼女にとって悪い男なら……男と別れさせてほしいんです」

（お人好しすぎるわ！　調査代金に縁切り工作の料金がかかるのに！）

チューベローズの料金体系は、すべて彩葉は記憶している。

守銭奴の思考が、主観に走りそうになるのを押さえたが、やはり彩葉には依頼人の申し出があまりよく理解できなかった。

依頼人は浮気をされた被害者なのに、なぜ金をかけてまで加害者たる彼女の幸せを願っているのだろう。そんな女願い下げだと、なぜすぐに別れようとしないのだろう。

「僕は……好きなんです、彼女のこと。だから、どうか……」

男は泣いて、肩を震わせた。

好きだから別れる——そんな二律背反なことを口にしながら、好きという感情だけでその感情の矛盾を正当化しようとする。

そこまでする価値が、浮気性の彼女にあるのだろうか。

(理解不能……)

月冴は、調査は引き受け結果報告をするが、縁切りについてはその報告を受けてから、また改めて考えて再依頼してほしいと提案した。

男は納得したようなしていないような複雑な面持ちで、去った。

依頼人を見送った直後、不満そうな彩葉を見て月冴が笑う。

「……なぜ縁切りを保留にしたのかという顔をしているな」

「ええ。だってどう聞いても彼女はクロ。その事実がある限り、依頼人は幸せになんかなれない。さっさと別れた方が身のためです。これは調査と縁切りダブルセットでお買い得のお仕事なのに」

「今度はうちの金のことかよ……」

月冴は笑いながら、どこか悲しげに彩葉を見つめ、視線を落とした。

「俺の予想では、この件……彼女はシロだ」

「は? 彼女には、あからさまな怪しい変化があるのに、なぜにシロ⁉」

「依頼人は、彼女がシロであることを知りながら、クロだとすることにより、それを許せる自分に酔いしれたいだけ。自分はこんなに健気で素晴らしい男だと自画自賛したいだけ」

「ちょちょ……社長さん。お熱出しました？ なんでそんな判断に……」

彩葉が慌てて月冴の額を触ると、びくっと体を震わせた月冴は静かに目を瞑り、小さく長い息を吐く。

そして額にある彩葉の手に己の手を重ねると、ぎゅっと握る。

なにかを詰るような青灰色の目が向けられた。

それは彩葉の心の奥を探るような視線だったが、やがて彼はきゅっと唇を引き結ぶと、彼女の手を払って書類を書き始めた。

（な、なに……？　今、ずきんと……罪悪感が……）

「あの……」

「ん？」

月冴は動きを止めずに、返事だけをする。

「わたし、二十歳の時、社長と会っていたんですか？」

ぴたりとペンの動きが止まった。

「……いや、勘違いだった。俺たちの間にはなにもない」

まるで彩葉との関係すべてを拒むような冷たい響きだ。

なにも言えずにいる彩葉に一度も顔を向けることなく、月冴はまたペンを動かした。

❖　❖　❖　❖

チューベローズ四階、スタッフルーム。

彩葉と月冴の向かい側には、鼬川が座っている。

鼬川は三日前に月冴が頼んだ、調査結果報告書を二部、ふたりに差し出した。

「――思った通りだな」

その報告書に目を通し、嘲るように笑ったのは月冴である。

そして彩葉は驚愕した表情で月冴を見た。

「本当に……彼女がシロだったとは！　あからさまに浮気をしている雰囲気があったのに」

鼬川は少し白髪が交ざった髪を掻き上げ、ニヒルな笑いを見せた。

「それは依頼人の主張で、嬢ちゃんが見たわけではねぇだろ？」

「そう、ですが……」

「言葉を鵜呑みにしてはだめだ。結婚詐欺で学習しただろう？」

鼬川も誉田のことを知っているということは、彼も彩葉の事前調査に協力したようだ。

（しかし……）

彩葉は報告書に再度目を走らせた。

依頼人には借金があり、その返済のため彼女は夜の接客業……ホステスを始めた。

彼女は決して客に靡《なび》かずに、依頼人への愛を貫いていたらしい。

しかしその間、依頼人は別の女とホテルに行き、色々と楽しんでいたようだ。

（この写真のホテル……例のブンブン蝿がうるさかったあのホテルじゃない。ということは、アブノーマルな趣味がおありのようで）

恋人をホステスにさせ、稼いだその金で他の女と遊ぶ――それは誉田にも似たゲスだ。

さらにそれを正当化するために、不憫《ふびん》な彼女を貶《おとし》めたいがための依頼なら、先日月冴が言った言葉の信憑性が高まる。

――依頼人は、彼女がシロであることを知りながら、クロだとすることにより、それを許せる自分に酔いしれたいだけ。自分はこんなに健気で素晴らしい男だと自画自賛したいだけ。

いつまでも、女は自分に隷属するもの――それが依頼人が培ってきた恋愛関係だというのなら、それはあきらかに思い違いだ。

自分の方が優位性があるのだということを証明したいがために、金をかけてまで依頼してきたのだ。自分は正しく、彼女が悪いという証明をしてくれと。

それはもう……愛とは呼べない。ただの承認欲求だ。

それを彼女が愛だと信じて囚われているのなら、あまりに彼女が不憫で可哀想だ。

「信じていた愛が……愛ではなくなる瞬間って、どうすれば事前にわかるんでしょうか」

ぼそりと彩葉は呟いた。

「偽物になった愛が、本物に戻る可能性は……まったくないものなのでしょうか」

「嬢ちゃん？」

「誉田さんへ渡したお金同様、泣き寝入り……するしかないのでしょうか」

月冴からの視線を感じる。

「愛は……残酷だと思います。最初から捨てても構わないほどの愛であったのなら、優しくしないでほしかった。思い出を与えないでほしかった」

それは彩葉の親への言葉だ。

月冴ならきっと察しているだろう。鼬川もきっと、詳細がわからなくても彩葉自身のことだとわかるはず。それでもいいと思って彩葉は続けた。

「学校で習った無償の愛など、他人同士には存在しない。血の繋がりがあってのみ意味を持ち、それがなければこんなにもひとの情は冷たい」

――あんた、愛欠乏症だな。

「愛こそ一番要らないものなのに、その愛を金で買い続けているわたしは、やはり……おかしいのでしょうか」

重々しい響きを持つ彩葉の言葉に答えたのは、月冴だった。

「この世には……血の繋がりで縛られる愛もある。どんなに断ちたくても、血が自然と繋げてしまう、廃棄不可能な愛が」

月冴は薄く笑った。

「呪いだよ、まさに血の呪い。俺も……その眼鏡をかければ、見たくもないもの、聞きたくないものから逃れられるのかな」

まるでそれは彩葉に向けられた言葉のような気がして、彩葉はきゅっと唇を噛みしめた。

「だけど……逃げても愛という呪いは追いかけてくる。呪いをなんとかしようと思ったら、どんなにいやでも、どんなに屈辱でも、どんなに矛盾していても……その場に踏みとどまって、迫りくる愛と戦い続けるしかないだろう？」

その言葉は、彩葉の心に響く。

「死んだら……終わりだから」

言葉は強いのに、その目には――光がなかった。

❖　❖　❖　❖

「どうしたの、九尾さん」

化粧室で手を洗っていると、狸塚に声をかけられる。

「愛のお仕事は、難しい？」

彼女の笑みは癒やされる。合掌して拝みたくなってしまう。

「難しいですね、とても。話を聞くと絶対に浮気していたと思っていた彼女がシロで、彼女の幸せのためには身を引くことも考えていると涙していた健気な依頼人さんの方が、クロでした。そしてさっき、調査報告を聞きに依頼人が来たんですが……依頼人が、彼女が浮気していないことを信じなくて」

――浮気をしているはずだ！　もっと調べてくれ！

「恋人が誠実だったと喜ばないひともいるんですね。それで社長が穏やかな口調で窘《たしな》めたんです。恋人をもっと大切にしろと。そしたら本性を現したというか……」

――女は黙って僕に服従していればいいんだよ。

――僕に愛があるのならソープでも掛け持ちして、大金を持ってくればいいんだ。

――タダで僕の愛を得られるなんて、調子に乗りすぎなんだよ。

ひと通り言い分を聞き終えてから、月冴が言った。静かなる怒りをたたえて。

――愛が欲しいなら服従して金を捧げろ？　逆だろう？　金が欲しいのなら必死に愛を捧げて服従しろよ。あんた働いてもないのに、何様なわけ？

――昔はどうだか知らないが、今のあんたに、どれほどの価値があると？

――金がなければ寄ってこない女の愛と、金がなくても尽くしてくれる女の愛。その違いがわからないのなら、もうあんた……必要ないな。

男は、まさかそんなことを言われるとは思っていなかったようだ。怒り以上に呆然としている時に、月冴は指を鳴らした。すると入ってきたのは――。

「スマホを耳に当てた彼女です。会話は、席にこっそり忍ばせていた鼬川さんのスマホを通して、すべて待機中の彼女に筒抜けでした。鼬川さんも依頼の真相はある程度予想がついていて、あまりに不憫な彼女に、事前に声をかけていたみたいです。もしこのままではいけないと思うなら、彼の本心を教えるから、依頼してみろと」

依頼は、新たな関係への第一歩なのだ。

今の関係性に見て見ぬふりをしていた彼女が、ようやく依頼という一歩を踏み出した。

彼女が、怒りや失望以上に、嬉しそうな笑みを浮かべていたことが印象的だった。

そして依頼人はあれだけの悪態をついて彼女を見下していたくせに、彼女の断罪を怖れて、恐怖に怯《おび》えていた。あきらかに、立場は逆転して終幕したのだ。

「今回の調査結果や依頼人の本音を見聞きすれば、あきらかに別れた方がいい案件だと思うのに、なんだかわたし、あのふたりは別れない気がしたんです。別れないために、利用されたような気がしないでもないなと……。それは勘ぐりすぎなんでしょうか」

するとー狸塚はころころと笑った。

「社長が料金を請求したのはひとり分だったでしょう？」

「え、あ……はい。せっかくふたり分の調査料をもらえたはずだったのに。スマホで流す真実は、料金に含まれないんですかね？」

「ふふ。無料にしたのは、彼氏の分の方よ。恐らく社長は、わかっていたのよ。これは……復縁を願う彼女の依頼になると」

「え？」

「きっと……彼をうちに依頼するように仕向けたのは彼女の方。彼はそれを知らず乗っかっただけ。お金があれば遊びに費やしていた彼が、そのお金を使ってまで満たそうとするのは自己愛だけなのかしら。彼もまた……心の奥では再生を願っていたのかもしれない」

「なんと……」

「ふふ。社長が彼氏を叱咤してみせたのも、それを見抜かれたのだと思うわ。感情を抑えて依頼人に接する社長が、依頼人に激昂してみせるのは……それが必要だと彼が判断した時だけだから。気に食わないからとすぐに感情をぶつけるひとではないのよ」

彩葉の中で月冴が大きく思えた。

彼は社長としての地位を築けるだけのものは兼ね備えているのだ。

「言動と想いは必ずしも一致しないわ。愛ゆえに従い、愛ゆえに反発し、愛ゆえに矛盾する。愛することで苦しくなるのに、その愛をやめられない。愛は理屈では説明できない、難解で厄介なもの。……表面的なものだけに囚われすぎてしまっては、根本的な解決にはならない。その奥にある本心を見抜かなければ。それがうちの方針であり、社長の理念」

「……すごいひとなんですね、社長は。わたしと同じ歳なのに、経験値が全然違う。愛の伝道師かなんかですか？　だから会社まで作っちゃいました……的な」

すごいのは狸塚も同じだ。今回の案件だって話だけで月冴の結論を推定できる。

それほど彼を認めているからなのか、それとも彼女も同じ考えなのか。

「ふふふ。うちの社長は別に百戦錬磨ではないわ。むしろ愛に傷ついた、被害者側の人間だった。愛がどれだけどろどろして人間を壊していくものなのかわかっていたから、ひとりでも多く守ろうとしたの。大切なものを無くさないように」

彩葉の頭の中に、月冴の言葉が蘇る。

——死んだら……終わりだから。

「ここにいるスタッフも、愛の熟練者ではないわ。皆、愛に関して瑕疵《かし》がある。だからこそできることがあるはずだと社長に誘われて、チューベローズはできあがった。ここにいるスタッフ同士の血は繋がっていないけれど、愛という名の下に集まった家族なの。わかるかしら。愛に苦しむのも側面、愛に導かれるのもまた側面。あなたがなにかの愛に囚われているのなら、それは側面だけしか見ようとしていないからなのかもしれない」

「……っ」

「苦しんできたことの意味を、生かすか殺すかは、自分の意志よ」

それは彩葉の心にぐっと迫った。

「愛に意味を持たせて、未来へと続けて。私はそれを手伝うのが、使命だと思っている」

金より愛なのだ、この会社は。

――あなたがなにかの愛に囚われているのなら、それは側面だけしか見ようとしていないからなのかもしれない。

今回の依頼の件で、愛より金を主張する依頼人に彩葉は正直むかついた。

ふざけるなと思った。

しかし……自分もまた、金至上主義ではなかったのか。

依頼人と彩葉に違いはない。彼は、自分の行く末だったのかもしれないのだ。

（わたし……あんな風になりたくない）

ある面からは愛を否定し、ある面からは愛を重んじる。

結局のところ、彩葉もまた……信じたいのだ。愛という存在を。

――逃げても愛という呪いは追いかけてくる。

――呪いをなんとかしようと思ったら、どんなにいやでも、どんなに屈辱でも、どんなに矛盾していても……その場に踏みとどまって、迫りくる愛と戦い続けるしかないだろう？

(逃げか……)

呪いを克服できる力を持てば、また愛を信じられるだろうか。

――愛に意味を持たせて、未来へと続けて。

月冴のように狸塚のように、誰かの心に寄り添えることができるのだろうか。

――苦しんできたことの意味を、生かすか殺すかは、自分の意志よ。

もっと真剣に取り組んでみたい。自分だけにしかできない、方法で。

――なぁ、九尾彩葉さん。

彼との出逢いを、意味あるものにするために。

❖　❖　❖　❖

「お……はようございます！」

朝会議で全員がスタッフルームに集まるその日、彼女――彩葉の登場で、チューベローズに激震が走った。

彼女の顔から、陰鬱さを強める眼鏡が消えていた。
同時にそのインパクトを上回るほどの、気合いの入りすぎた化粧。
白塗りの顔に、黒々とした眉毛。赤い頬紅。真紅のルージュ。
完全に着地点を間違えた顔をして、彼女は密かに高揚していた。
そんな時、狗神が飛んで来て彼女を別室へ連れ……、そして三十分。
「お……はようございます！」
何ごともなかったようにやり直しをすると、今度は場が華やぎ、賑わった。
彼女の顔に眼鏡はなく、長い睫《まつげ》に縁取られたぱっちりとした目が輝いている。
吸い込まれてしまいそうな漆黒の瞳は、澱んだ闇というより、艶めいた黒曜石のよう。
上質な煌《きら》めきを見せながら、それはくりくりと不安そうに動く。
今までとは別人かと思うほどの、可憐な美女の登場であった。
——素材が泣く！　僕が泣く！　そして社長が大泣きして、涙の海に溺れる！
——なんで社長は止めないのかな。先に出た？　なんで避けるかな。
よくわからないことをぶちぶち言いながらも、狗神の手にかかれば鮮やかだ。
まるで魔法のテクニックだ。
彼を称賛したら、彩葉のメイク技術が壊滅的なだけだと、即答だ。
スタッフからの評判は上々。特に豹変《ひょうへん》して絡んでくる男性スタッフもいない。
今まで常時眼鏡をかけていた甲斐あって、呪いは鎮静化したのかもしれない。

そして最後に、月冴がやってきた。電話をしていたようだ。

彼の隣にはそわそわしながら彩葉が座っていたが、月冴は五秒ほど眉間に皺を寄せて彩葉を見つめたあと、いつも通りの態度で会議を始めたのだった。

無理に褒めなくてもいいから、心境の変化があったことくらい察してほしかったのに、会議が終わっても月冴は、彩葉の容貌については、ことごとくスルーだ。

「あの……社長」

淹れ立てのホット珈琲を差し出して、彩葉はにっこりアピールをした。

月冴はそれを怪訝に思ったようだ。

「なにかあったか？」

だから彼女は言ってみた。真剣な顔で。

「わたしに、愛を教えてください」

すると珈琲を口に含んだ月冴は、咽《む》せた。

「なんだ急に……」

「す、すみません。その……真剣に愛について、勉強したいなと思って……」

月冴はまだ咽せている。彩葉は彼の背中をさすった。

筋肉質の広い背中を感じ、妙にドキドキする。

密かに頬を赤らめていると、ふいに視線が合った。

なにかを探っているように、青灰色の瞳が揺れている。

「呪いは……？」

「立ち向かおうかなと。社長と同じく」

力強い決意表明をすると、月冴の目になにかが過った。

「だから外したわけ？　あんたの呪いの眼鏡」

「……あれは呪いを封じるもので、呪いでは……。いえ、呪いだったのかも」

ふと思ったのだ。眼鏡を外した今、爽快感を味わっている。ならば、あの眼鏡も心を縛りつけている側のもので、呪いの類いだったと言えるかもしれないと。

困りごとを解決したありがたいアイテムではあったけれど、依存しすぎると呪いになるのであれば、それはまるで愛にも似た……両義性を見せる難解なものだ。

「いいんじゃねぇの？」

「え？」

「その顔」

月冴は微笑んだ。

なんらかの反応がほしいとは思っていたけれど、これはあまりにも不意打ちすぎる。

懐かしそうな、嬉しそうな……そんな笑み。

魅惑的な青灰色の瞳に映っているのは、本当に自分なのだろうか——そう考えたら、ちくりと心が痛んだ。

❖　❖　❖　❖

月冴が誰もいないスタッフルームで考え事をしていると、狗神がやってきた。

並んでいる自販機から、迷いなく牛乳の紙パックを選ぶ。

必ず一日に一個飲むのが彼の習慣であるが、牛乳が彼の身長に及ぼす効果はない。

それでも飲み続けているのは、もしかして蓄積分、突然ぐっと背が伸びるかもしれないという希望を持ち続けているためらしい。

彼いわく、希望を失ったら人間はおしまい、だそうだ。

「彩葉ちゃんが変身して三日。ずいぶんとやられちゃっているねぇ、月冴ちゃん」

狗神は月冴と二人きりの時は、砕けた物言いをする。それは月冴も同じだったが。

「狗さんのせいだろう。なんであんなに……。いや、これは極端すぎるあの新人のせいだ……。おかげで会社でも家でも落ち着かない」

「もとを正せば、彼女を連れてきたのは、月冴ちゃんだから」

「だったらこれは自業自得なのか……」

「そ」

ちゅうと音をたてて狗神はストローで牛乳を飲んだ。

彩葉が……脱皮をしようとしていた。

狗神のメイクの協力があるとはいえ、眼鏡をとっただけで心身ともに変化を見せたのだ。

さらに今日は、狗神から伝授されたまとめ髪を披露した。編み込みがベースのすっきりとしたオフィススタイルだったが、細くて白いうなじが眩しすぎて、仕事にならない。

「僕は、最低限の品性を保てるメイク技術を教えただけ。月冴ちゃんが悶えているのは、僕がノータッチな、彼女が持つ天然素材の方だから」

「……っ」

「彼女の前ではすました顔で、ハイスペックな社長面しているのに、裏ではこんなになってさ。このむっつり」

狗神は子供のような顔をしながらも、実はかなり毒舌で辛辣だ。

演技力と偽装力が高いのは、素を隠すための自然の理なのかもしれない。

彼との出逢いは、十九の頃。

いなくなった妹を探していた時に、偶然知り合った。

探索に協力してくれたことを縁に仲良くなり、二十歳になった頃には想い人のことを始め、色々と話していた。彼は他人の懐に入るのがうまく、聞き上手なのだ。

月冴は彼を、作ろうとしている調査会社に勧誘した。

そして狗神同様、妹の探索を縁に、狸塚、鼬川、飯綱を知り、チューベローズはできたのだ。チューベローズはあの時の出逢いがなければ、生まれなかった。

「ねぇ、月冴ちゃん。二十歳という若さと、初恋&童貞卒業というトリプルな一夜事情、こんなこと言うのも野暮だと思うけどさ、僕、彼女が呪いだと信じている……男が妙に彼女に絡むようになったってこと、月冴ちゃんのせいだと思うんだよね」

「え？」

「月冴ちゃんががっつきすぎて、女として開発されすぎちゃったせいだと思う。幻聴はどうだか知らないけど、さすがにあれだけ素材がよければ、男は振り返るよ。今まで彼女に自覚がなかったのは、単純に色気がなさすぎたせい」

……確かに狂ったようにがっついた。発情期を迎えたケダモノのように。

そして彼女もそれに応えつつ、妖艶さを強めていった。

「確認するけど、本当に彩葉ちゃんが、月冴ちゃんの想い人？　今にも消え入りそうな儚げな要素などなにもなく、むしろ地味オーラ全開にして『わたしはここにいます！』と謎の主張をしている気がするけど」

「彼女だ。間違いない」

「そっくりさんとかではなく？」

「本人だ。断言できる」

「本人の記憶があるなしに関わらず、月冴ちゃん、最初から特別だったものね。いつもは依頼人とか監視対象者にはきっちりと線を引いて公私混同しないのに、妙に彩葉ちゃんだけは気にして、依頼人でもないのに声をかけにいったし。誉田がいかにクソ男だとしても、嫉妬みたいな対抗意識燃やしてさ。挙げ句に畑違いの彼女を会社に引っ張ってきて、今では自分の近くに据えている」

月冴が気まずそうに頭を掻くと、狗神は笑った。

同じ誕生日に生まれた、同い歳の彩葉――。

七年前と今と、それ以外で繋がる線はないというのに、妙に気になっていた。

しかし、七年前を彷彿させる月下香を持ち出してみたところ、彩葉はその名の響きに反応しても、花やツキシタカオリには無反応だった。だから考えすぎだったと思った。

〝彼女〟ではないから反応しないんだと思うようにした矢先、二十歳の誕生日前後の記憶を失っているという告白を聞き、心のざわつきをとめられなかった。

気が急く中で、彼女が眼鏡をとった瞬間、月冴の心身は奮えた。

やっと会えた、と思った。

あれから七年経っていて、大人の女性の顔立ちにはなっていたが、見間違えるはずがない。彩葉こそが、あの時の〝彼女〟なのだと確信した。

それなのに、彼女は事故で記憶がないという。

ほんのわずかでも、月冴の存在は……記憶を刺激するものではないらしい。

あの一夜で、自分はこんなに囚われ七年も忘れることができないでいたのに、彼女は忘れてしまえるものだったと思うとショックを隠しきれないのが本音だ。

生きていてよかったと心から思うのに、それによって切り捨てられてしまった自分の存在があまりにも小さすぎたことを悟り、なにを悦んでいいのかわからなくなった。

そんな矢先に、彼女が昔の姿に戻った。その正体が守銭奴のままであろうとも、やはり彼女は月冴の心を乱れさせるのだ。今もなお。

「でもさ、彩葉ちゃんに記憶がないとわかった瞬間、月冴ちゃん……諦めるつもりだったでしょう。記憶がなければ諦めてしまえるものだったの？」

「事故でもなんでも簡単に忘れてしまえて、再会してもなにも感じるものがないというのなら、俺は所詮、彼女にとってその程度の男だったと思ったから。しかも愛は必要ないと言われているし。だったら……本気でもう、諦めるしかないなと思ったんだ」

同じ女に対して二度目の失恋を味わったのだ。三度目はキツい。

「ふぅん。忘れられたのがそんなにショックだったんだねぇ……。そんなに、彩葉ちゃんがタイプだったの？　顔？　それとも体？　性格？」

「部分的なものじゃない。狗さんにはないか？　抱けば抱くほど……自分はこの女に巡り会うために生まれてきたんだって実感できる、満ち足りた感覚を」

「残念ながら、僕はないね。その時楽しければそれでおしまい。引き摺るものはないし」

狗神は軽いフットワークの延長で、気軽にワンナイトラブを楽しむ。

月冴もそういうことができる性分であれば、七年前を引き摺らずに、また違う春を謳歌できたかもしれない。だが月冴は思うのだ。〝彼女〟だから惹かれたのであり、他の女であれば、やはり興味すら湧かないだろうと。

「でも諦めた割には、眼鏡をとって変わろうとしている彩葉ちゃんに、ずいぶんとご執心みたいだけど？」

月冴は深いため息をついた。

「だから困っているんだ。探し続けていた女が視界の中でちょろちょろ動いて、『わたしに愛を教えてください』なんて、顔を赤らめて言われる身になってみろ。あの眼鏡は貴重な呪い封じアイテムだということがわかった。戻してくれよ、いつもの彼女に」

「無理だねー。彼女、呪いに打ち勝つ気、満々だから。飯綱ちゃんのところにいって、呪いに立ち向かえるメンタルを鍛える方法を聞いてるみたいだし。飯綱ちゃん狂喜！」

そして狗神はにやりと笑って言った。

「でもさ、美人さんにはなったけれど、年齢相応の色気が足りないよね。月冴ちゃんの愛が賞味期限を迎えたからじゃないの？　だったら月冴ちゃんが濃ーいところを注いであげれば、案外彼女の愛欠乏症もよくなって、色気とともに彼女の記憶も取り戻せたりして」

「……取り戻せると思うか？」

「なんだよ。全然諦めていないじゃないか」

……諦めようとは思ったのだ。

しかしそう思うほどに、気になってしまう。

彩葉が〝彼女〟で、家にまで一緒にいると思うと、心が躍るのだ。

体が熱く疼くのだ。他の女には持ち得ない情熱が漲るのがわかる。

でもそんな欲情を彼女に嫌悪されたくなくて、そっけなくしてしまうけれど。

「彼女が今、必要としているのは……俺との、捨てた過去の記憶の一部ではない。家族によって歪んでしまった彼女の世界を正すことだと思うんだよな」

自らの愛の成就よりも、愛に餓《かつ》える彼女の救済こそが使命だと口にした月冴に、狗神は声をたてて笑った。そしてすっと笑いを消すと、挑発的に冷たく月冴に言う。

「知ってる？　月冴ちゃん。そういうのって、偽善者っていうんだよ。月冴ちゃんが嫌う家族と同じ類い。腹の中、真っ黒い欲でドロドロさせているくせに、耳障りのいい言葉を吐いて、観客の好感度あげようとする輩」

「……っ」

「もしくは……また失恋したくないという逃げかな。それらしい理由を先に用意して、彼女に見向きもされない可哀想な自分を慰めるための。そんなに自信がないんだ？」

見ようとしていなかった自分の弱さを看破され、月冴は言い淀む。

「本能、開放しちゃえよ」

狗神は月冴の顔を覗き込み、ちょんちょんと指先で月冴の頬を突く。

「じゃないと、僕がもらっちゃうぞ？」

途端に月冴の目に力が宿り、吊り上がる。

「駄目だ！」

バァンと手でテーブルを叩くと、狗神はけらけらと笑った。

「冗談にきまってるじゃない。仲間の惚れた女には手を出さないのが、僕のルール。……やせ我慢するなよ。もう彼女は消えないから。堂々と心から大切に思っていいんだよ」

　狗神の言葉が月冴の心に突き刺さる。

　大切にしていた妹も、初めて愛を感じた〝彼女〟も消えてしまった。

　確かに、そのトラウマは月冴の中にある――。

「月下香が彩葉ちゃんなら、彼女の失った記憶とともに愛を咲かせてみろよ。七年前では知り得なかった深いところを見つめれば、逃げ道なんて塞げるだろう。月冴ちゃんは、それができないお馬鹿な男じゃないよね？」

　挑発しておいて、狗神はぱちりとウインクをしてみせる。

「彩葉ちゃんが忘れているにしても、変貌したにしても、七年も想い続けてきた相手と日中も夜もひとつ屋根の下。燃えるシチュだよね。攻めるのも一興、彩葉ちゃんペースでとろとろいくのもまた一興。時間はたっぷりあるんだからさ。深刻にならずに楽しみなよ」

　すると月冴は息を短く吐いたあと、肩を揺すって笑った。

　その顔にはもう、迷いがなかった。

「狗さんには敵わないな。いつも俺の迷いの先には、狗さんがいる。本当にあんたが社長をやればよかったのに」

「いやだね。僕は肩書きが大嫌い。僕が入社したのは、僕を色眼鏡で見ようとしない月冴ちゃんがトップだからだ。副社長もいや。狸塚ちゃんが弱くてよかったよ」

　彩葉や新規スタッフには言えやしない。

　副社長は、古参スタッフである狸塚と狗神と鼬川と飯綱がじゃんけんで決めたなど。

月冴が信頼する有能な部下たちは、どれだけ給料をアップすると言っても、肩書きを望まなかったのだ。自分たちは月冴の下につければそれでいいからと。

「月冴ちゃんは謙虚すぎ。もっと自分の評価をしてほしいよ。月冴ちゃんこそが、次期MISAKIグループを牽引できる逸材だと思うのに」

「狗さんは、俺を過大評価しすぎなんだって。牽引なんて、それこそ冗談じゃない。俺はうだつのあがらない三男。御先家がチューベローズの盾になってくれればそれでいい」

「もったいないなあ。せっかく下克上イベントも開催中なのにさ」

狗神は意味深に笑った。

「見つかったの？　背に羽根の痣がある、未来の兄嫁」

「まったく。夜の店に強い鼬さんでも、情報なし」

「痣がどれだけの大きさかはわからないけど、夜の商売女は背中をあけたドレスを着ることが多いから、そんな痣があれば目立つよね。鼬ちゃんの調査力を持っても情報がないのなら、昼間の世界にいるとしか思えないね」

月冴は前髪を掻き上げながら天井を振り仰ぐ。

「どうやって探せっていうんだよ。年齢も、どこに住んでどんな境遇なのかもわからない。決め手は直感のみ。ビビッときたら、片っ端からその背中を破いていけと？」

「ははは。変態三兄弟。ブライダルMISAKIの御曹司が全員捕まったら、面白いね」

「面白くない」

月冴はぎろりと狗神を睨みつけた。狗神は笑って話を続けた。

「ちなみに……芸能界、ファッション界に声はかけているけど、いまだそれらしい該当者なし。素人だったら、探すのはかなり大変だ。引きこもりだったら完全にお手上げ」

「……だよな。ジャンルが広域すぎるし、口コミ頼りだし、無謀なんだよ。俺ら三兄弟の中で、一番コネがあり情報が集まりやすいのは長男。とりわけブライダル系……ＭＩＳＡＫＩだけではなく競合ブライダル会社にも声をかけ、ウェディングドレスの試着の際でも目敏く監視させていても、該当者は皆無。ブライダル世代じゃないのかもな」

「次男も色々手を回してそうだよね」

「ああ。担当はエステやジム経営だけど、おそらく温泉街など含め、系列問わずに情報の網を張っているはずだ。しかし、三年経ってもいまだそれらしき影も摑めない。やはりターゲットは俺たちの力が及ばぬところにいるのか。まあ、本当に存在していればの話」

月冴はため息をついた。

「このイベントはタイムオーバーでいいよ、というか、それしかないだろう」

期限は八月三十一日――即ち、月冴と彩葉の誕生日だ。

あと一ヶ月を切っているし、見つけることは無理だ。

なにより見つけられるはずがない。

痣がついただけの女ならまだしも、天狐などという架空存在の子孫など。

亡き父の狂った世界に、三年も閉じ込められるのはいい迷惑だ。

「でも、ドロー決着で全財産が流れることを、がめつい長男や次男が許すかね?」

きっとなんらかの手を打ってくるだろう。

偽者を打ち立てて勝者となるのなら、それまでの家だということ。

「頭痛いよ。本気で俺にはいらねぇ、御先なんか。財産も肩書きも、この血すらも。あんなひとでなしの一族など、いっそ滅んじまえばいいのに」

凍てついた声と瞳を見せる月冴に、狗神はひゅうと口笛を吹いた。

第三章　それは突然の衝動につき

「あの、チューベローズに御用ですか？」

買い出しから戻ると、会社の前でうろつく男性を見かけ、彩葉は声をかける。

男はスーツ姿で、眼鏡をかけて理知的な雰囲気がある美形だ。

なにか依頼したい案件があるのに、会社に入ることに迷いがあるのかと思ったのだが、逆に彩葉は男に不審がられてしまったようだ。

「あ、わたしはここの社員で……」

「見かけない顔だな」

不遜な態度でそう切り返した男は、彩葉をじろじろと眺めて感じが悪い。

しかも社員でもないのに、なぜか内情を知った顔である。

「お前が、ここの社長が自宅に住まわせているという、謎の新人か」

「……はい？」

「見てくれはまああだが、神秘性の欠片もない。これはハズレだな。本人からの報告も紹介もないから、もしやと思い、この俺が直接会いにきてやったのに、完全に時間の無駄だった。本当に動いているのか、あいつは……」

男はぶつぶつと言いながら、いなくなってしまった。

「なんだったんだろう……」

眼鏡を取ったから、おかしな男が寄りついてくるようになったのだろうか。

「ハズレって……わたしを見て言ったわよね。失礼しちゃう！」

こんな男は早く忘れてしまうに限る。彩葉はぷりぷりと怒りながら、会社に戻った。


彩葉が姿を変えてから、会社で取り扱った案件は十数件。結構なペースで依頼がくる。

月冴の応対を見ていると、彼は依頼人に自信を持たせている気がする。

とはいっても、リップサービスで褒め称えているのではない。依頼人が自ずと前に進めるようなアドバイスをしていた。

時には狗神が化粧など美容のアドバイスをしたり、時には飯綱がパートナーや愛に依存しすぎる依頼人に心理的に自立できるようアドバイスしたり。

鼬川はあまり表に出ることはないが、父性を求めるタイプの依頼人にとっては、いい聞き役らしい。そして鼬川は、相手に喋らせるというスキルを持つため、依頼人が溜め込んでいた鬱屈していたものを外に吐き出させる。

どのスタッフを使うのかは月冴の判断によるから、彼は相談室にて、依頼人がもっとも不足している部分を瞬時に見抜いているということになる。

（まあ、わたしも愛欠乏症と見抜かれたわけなんだけれども……。それにしても観察眼がすごいわ。特殊な目でもしているのかしら……）

「……九尾。近い」

月冴のことが頭を占めていると、気づけばまたもや瞬間移動をしてしまう。

しかも眼鏡を外しているためか、月冴の耳がほんのりと赤い。照れているようだ。

（眼鏡をしていたら怖いと表現されたのに、眼鏡がないと照れるなんて……なぜ？）

どうも瞬間移動するのは相手が月冴限定のようだ。彼のことを考えると、磁力でもあるかのように吸い寄せられてしまうみたいだ。

「……これも呪いのせいですかね」

「呪いよりも愛といってほしいが」

「じゃ……愛ですね」

にっこりと微笑んで見せれば、月冴は眉間に皺を寄せ、黙って珈琲を飲んだ。

「ところで、少しは愛に対する認識が変わったか？」

（え、スルー⁉）

自分で訂正を求めたくせに無反応とは、いただけない社長である。

「少しずつですが……愛には対価が必要だと思っていましたが、形を変えれば無償もありえるのかなということはなんとなく。愛はひとによって例外が多く、簡単に白黒で片づけられない部分がある。その点は、お金の使い方とは違うなと……」

それを言うと、月冴は嬉しそうに笑う。

「上出来だ。そうやって少しずつでも、愛に理解を深めていけるといいな」

そう褒められるのが、すごくきゅんとくる。嬉しいの域を超えている。

（なんだか、彼のために働きたいというスタッフの気持ちがわかるかも……）

「鼬さんとの、尾行レッスンはどうだった？」

前に月冴とともに張り込んだことがあったのだが、月冴の動きがあまりにも素早く、そして注意力がすごすぎて、彩葉は追いつけなかった。むしろもたもたしすぎて足手まといになってしまった。そのために鼬川の補講を願い出たのだが――。

「はい。まず……鼬川さんのレベルになるためには、人混みの中で誰にもぶつからずにスイスイと動けるようになることや、ほぼ三百六十度の警戒領域を保ちながら、ターゲットがなにをしているのか遠目でも具《つぶさ》に感じ取れるセンサーを鍛えること。今のわたしには無理なので、とりあえず外出した時には、ぶつからないで歩くように努力しています」

「ははは。慣れるものだから身構えずとも大丈夫だ。まったりとしている副社長ですら、尾行術は評価Ａだから」

「え、狸塚さんが評価Ａ!?　……ちなみに、わたしの評価は……」

すると月冴は哀れみのこもった眼差しを向け、無言で彩葉の頭を撫でて、終わりだった。

そんな仕草でも、月冴からは優しさが滲みでている。

大事にされているのがわかる。

（わたしも……仲良しの古参スタッフのように思ってくれているのかな）

終業後、スタッフは月冴の家に缶ビールを持って遊びにくる。

すると月冴は本当に嬉しそうな笑顔になる。

やり手の社長ではなく、年下の一個人、御先月冴として。

彼は大手ブライダルＭＩＳＡＫＩの御曹司らしいが、スタッフといる時、その肩書きがなくなるのだろう。

そんな輪の中に入れてもらえるのは喜ばしいことだった。

だからどんな人数になろうとも、大量の食事を作ることには抵抗がなかったし、酒が入ればツマミも進んで作る。

楽しいのだ、彩葉も。大勢で賑わう場にいたことがなかったから。

呪い封じの眼鏡をしてもしなくても、彩葉の元にはひとが集まらなかったから。

――疲れないか？　愉しめているか？

月冴はよくそう声をかけてくる。

もしかして彼は、こうした居心地良い空間を、わざと彩葉のために作り上げてくれているのかもしれない。家族愛に飢えている彩葉を満たそうとしてくれているのかもしれない。

どうして彼はここまで優しくしてくれるのだろう。

――俺のこと……わずかにでも覚えていないか？

――二十歳の誕生日に、俺と会ったんだ……。

（それが原因なのかしら）

家にふたりでいる時は、もっと雰囲気が柔らかくなる。

気づけば見つめられていたり、ふっと微笑みを向けられていたり。

昔、ふたりの間になにがあったのかと問うてみても、彼は答えない。

彩葉が失った記憶は事故当日と前日だ。しかも事故は早朝だったという。

となれば、月冴との関わりは前日……ということになるが、どこで知り合いなにをしていたのか、さっぱりわからない。彩葉は夜遊びをするタイプではないだけに、今まで気にならなかった記憶の中で、彼となにをしていたのか無性に気になってしまう。

（なんでわたし、朝帰りをしたのかしら。まさか彼と……とか？）

しかし彼には想い人がいるはずだ。七年前の出来事とはいえ、愛をやけに重んじる彼が、本命の彼女がいるのに他に手を出したりはしなさそうな気がする。

一体、彼となにがあったのだろうか。

自分の中の歪な記憶が、歯がゆくて仕方がない。

ぽっかりと開いている記憶の穴には、きらきらとした思い出があったのだろうか。

月冴を変える自分の記憶。

今までそれに向き合う必要性も感じなかったけれど、できるのなら彩葉もその思い出を共有してみたいと思い、心理カウンセラーである飯綱に相談してみた。

「ほほう。後遺症で消えた記憶、ですか。そこに社長が関係しているかもしれないから、思い出してみたいと」

「はい」

「社長の様子から、悪くはない思い出があったと想像できる。そして今までその記憶がなくても九尾さんは支障はなかった。それなのになぜ今、それ以上の詳細を知りたいと？」

小さくてひょろひょろしている飯綱だが、心理に関わる専門分野になるとひとが変わる。

「九尾さんの大好きなお金の匂いでも、感じたんですか？」

意地悪な問いを、彩葉は否定してみせる。

「うまく言えないんですが、その失った記憶をもってわたしが完全になるのなら。わたしの中の空虚な部分を埋めるのは、社長であってほしいと思うからです」

「大好きなお金ではなく、家族との思い出でもなく？」

「ええ」

「不完全な部分は、社長で満たされたいと？」

「はい」

「あなたから妹さんの影を見出し、他に想い人がいるという社長に？」

想い人……その単語になにか息苦しさを感じたけれど、それは最初から聞いていたし、彼が誰を愛そうが関係ない。

彼が思い出にいるのなら、その記憶を取り戻したい……ただそれだけだ。

しっかりと頷く彩葉を見て、飯綱は笑った。

「いい傾向です。社長グッジョブです。特別な処置をしなくても、このままその気持ちを育てていけば、九尾さんは自力で思い出すでしょう。今まで思い出せなかったのは、あなたがきっとその思い出を夢にしたかったからです」

「え……？」

「……あなたも、現在進行形で幸せになっていいんですよ。ご両親がいなくなった老後でなくとも」

どこか慈愛深い顔をして微笑む飯綱は、彩葉の心になにかを刻んだ。

❖　❖　❖　❖

「どうした？」

社長室にて月冴が呆け気味の彩葉に声をかける。

「いえ……さっき、飯綱さんとお会いしたんですが、両親がいなくなった老後でなくとも、現在進行形で幸せになってもいいんだと言われまして。なんか妙に心に染み入ったというか……。わたしが老後に拘《こだわ》っていたのって、老人ホームが気に入ったからだと思っていたんですが、そもそも老人ホームに興味を持ったのは、ホームに入る頃には親への恩返しが終わって自由になれると思っていたのかなと」

「彼女……見た目は落ち着きがなさそうだけれど、鋭いからな。狗さんの変装をすぐに見破り、鼬さんの尾行を撒《ま》けるひとだから」

「えええ⁉」

小柄だけれどそこまで俊敏には思えなかった。

（ここのスタッフって、全般的に優秀なんだ……）

「ただ……あんたはもっと自分の幸せを考えていいと俺も思う。金のこと以外で幸せだと思える生活をさせたいと思うよ。できれば……俺が」

青灰色の瞳はやけに熱っぽくて、彩葉は思わず目をそらした。

なんだろう、いつもは見ていられるその目が見られない。

「十分、社長からは恩恵を授けていただいて……」

「そういう物質的な面だけではなく心の面」

月冴は彩葉の手を摑むと、優しくその肌を指で弄った。

「あんたに足りない部分。いやっていうほど、俺が満たしてやりたいと思う。頭ではなく体で……体感できるくらいに」

触れられている手が熱い。妙にドキドキがとまらない。

どうして月冴の手を離せないのだろう。強く摑まれているのでもないし、すぐに払えると思うのに。

「……どうして綱さんのところへ行ったんだ？」

見透かしているようなその目は、ゆらゆらとなにかが揺れている。

「それは……」

「なぁ。もうそろそろ……いい？　俺……待っているんだけど」

切なげにも見えるその瞳に吸い込まれそうだ。

「な、なにが……」

妙にドキドキして緊張する。

そして彼から漏れた言葉は――。

「仕事」

にやりと月冴は笑う。

「次の依頼。きっちり時間把握しろよ、守銭奴補佐！」

そして立ち上がると、彩葉の頭をくしゃりと撫でて歩いていった。

（なんか……悔しい！）

❖　❖　❖　❖

「調べてほしいんです。彼……見沼七生《けんぬまななお》が、なにをしているのか」

依頼人の女性に、彩葉は見覚えがあった。

それは――誉田の住んでいたマンションに引っ越してきた女性だった。

勝ち気なつり目をした美女だったはずだが、よほど困っているのか弱々しく見える。

彼女は安藤弘美《あんどうひろみ》という名で、見沼という恋人と付き合って一年になるらしい。

「婚活アプリで知りあい、そして今は結婚前提で同棲をしているんです。ただ同棲は彼の了承を得ずに押しかけたせいか、終始不機嫌で。そんな中、掃除をしていたら、寝室のクローゼットの中の棚に、女の写真つきのファイルみたいなものがしまってあるのを見つけてしまって。さらに都心に買い物に出た時、彼が見知らぬ若い女といちゃいちゃしながら歩いているのを目撃したんです。後をつけると、ふたりが向かった先はキャバクラでした」

入り口前に立っていた黒服に尋ねたところ、女は『揚羽』という源氏名のキャバ嬢であることがわかり、依頼人はひとまずその場から立ち去った。そして、家に戻った彼にそのことを問い質すと、大げんかに発展してしまったようだ。

「私は怒りのあまりに家を飛び出しました。スマホと財布は持ったんですが、鍵を持って出るの忘れて……」

家に戻ろうと思っても、鍵がしまっていて中に入れないらしい。

その後友達の家に厄介になっている時に、どこにいるのかと聞いてきたから、迎えにくるのだと思って住所と名前を告げたところ、翌朝、着払いで荷物が送られてきたという。

その中には『別れよう』という手書きのメモが一枚きり、連絡もつかなくなったらしい。

「会社を設立したいというから、お金も貸したのに。すべて、奪われてしまいました。警察に相談したんです。そうしたら、ただの痴話喧嘩《げんか》だと取り合ってもらえず。実家は頼れないし、お腹には赤ちゃんもいるのに！」

結婚前提ということで付き合ったものの、一年もの間、結婚話は進んでは後退していたため、依頼人は妊娠を機にようやく結婚できると喜んでいたらしい。それがまさか、すべてを失って別れることになろうとは。

結婚をちらつかせて、色々と搾取した後に捨てる——これは結婚詐欺だ。

元からお金が目的だったのか、それとも単純に面倒で捨てたのかはわからないが、妊娠している女性をポイ捨てして、別の女と楽しんでいるのは彩葉だって非道だと思う。

ちらりと月冴を見ると、彼の顔も険しい。

「この怒りをどこへぶつけていいかわからないから、そのキャバ嬢『揚羽』に見沼がいかにひどい男かぶちまけようと思いました。しかし店員の話では、揚羽は数日前に辞めたと。やりきれないままレストランに入ると、たまたまテレビでOLの行方不明のニュースが流れていました。その時に見た写真が、見沼のファイルでも見たような気がしたんです」

見沼に対する不信感が拭いきれぬ依頼人は、もしかすると彼女が見た写真つきのファイルは、行方不明者のリストかもしれないと思っているようだ。しかし彼女は家の鍵がないため、そのファイルを確認することができない。

「もし彼が関わっているとわかれば、警察に突き出すつもりです。今のままでは警察は取り合ってくれない。だから私のこれからをかけて、調査をお願いしたいんです。このまま、搾取されて捨てられるのはいやですから。……この子の未来のためにも」

依頼人はお腹を撫でた。

（赤ちゃんがいるから、彼女は前向きになれているのかな。わたしが同じ立場なら、こういうところに頼ることすら思いつかないかも……）

月冴は早急に動くことにしたようで、彼女が妊娠していることもあり、担当を狸塚と飯綱にさせ、面通しをさせる。

「見沼を調査しますので、なにか顔がわかるものでもありますか？」

月冴の言葉に、依頼人は頷いてスマホを取り出し、保存してある写真を見せた。

そこには、とびきりの笑顔でいる彼女と——。

「——⁉」

誉田が写っていた。

❖　❖　❖　❖

彩葉が会社をクビになった日、誉田はあのマンションを引き払っておらず、そこに前日から勝手に依頼人が押しかけていた。依頼人は引っ越してきたのだから、彩葉にそう告げたのは嘘ではないし、依頼人の恋人は見沼なのだから、彩葉がいくら誉田という名を出して尋ねたところで、知らないと言うしかない。

誉田は七股ではなく、八股をかけていたようだ。

「——で、誉田さんは、まだしぶとくあのマンションにいると。随分と大胆不敵な。わたしが怒りの鉄槌を下しにいくとは思わなかったんでしょうかね」

　さすがに彩葉も憤慨する。すると鼬川が笑った。

「嬢ちゃんがきたところで対処できると思ったんだろうよ。嬢ちゃん合気道の有段者だと、誉田に話してなかっただろう」

「はい、まったく。護身術がなくても、わたしには仕返しなどできないと思われていたのが悔しいです」

　そんな時、のんびりとした狸塚の声が聞こえた。

「あら〜でも。前に九尾さんと別れさせてくれという依頼があった時、依頼人は誉田の家を知らなかったはずよねぇ、鼬川さん」

「ああ。俺が調べた時は、誉田は点々と女の家を泊まり歩いていて、住居を掴めなかった。ということは、嬢ちゃんと今回の依頼人は、誉田から情報開示されていたということか。まあ今回の依頼人は押しかけて誉田の気分を損ねたというから、誉田自身が招いていたのは嬢ちゃんだけだということになるが」

「別に嬉しくもないですけどね。財テク講座をするのにどこがいいかという話になって、うちは狭いし、一応嫁入り前の身だからわたしが立ち入りを拒んだんです。どこかで部屋を借りるにしても場所代がかかるし、それなら終業後、会社でどうかと提案したら却下され。結局は消去法で、彼の家になったんですが……。まあかなり渋々でしたが」

　すると月冴が、面白くなさそうな顔をしたままで言う。

「詐欺師なのに、九尾に居場所を公開した理由がわからないが、九尾にはばれてもリスクがないという確信はあったのだろう。律儀そうだものな、あんたは。恋愛感情がなければ、勝手に家捜しするとかもなさそうだし。言われたことは忠実に守ってそうだ」

「ひとたび尊敬の念を抱いて忠誠を誓えば、どこまでも忠実です！」

彩葉は拳に力を込め、そして皆に問うた。

「誉田さんが組織的な詐欺師だとは社長にお聞きしましたけれど、詐欺をして……身も心も懐もボロボロにした女性に、さらに利用価値ってあるものでしょうか。誉田さんが、食い物にした女性たちの失踪に関わっているのなら、一体なぜそこまで搾取しないといけないのかしら。組織の犯行にしても、なぜ……」

するとと月冴が答えた。

「もし組織がどこかのヤクザとか海外マフィアとかと繋がっているのなら、臓器売買だって金になる。賞味期限がくるまで半永久的に風俗業で稼がせることもできる。結婚詐欺なんて、闇落ちさせるためのとっかかりにしかすぎない場合だってある」

月冴の眼差しはどこまでも凍てついている。怒りを超越した感情が窺える。

――思い出すんだよ、ゲス男に騙されて死んだ……俺の妹を。

結婚詐欺の案件には特に熱を入れる月冴。彼の妹は、かなり酷い目にあったのだろうか。

彼の怒り具合は尋常ではない気がする。

よくある結婚詐欺だと思っていたけれど、実はかなり深刻だったのかもしれない。

自分は金を奪われただけで済み、すごく幸運だったかもしれないと彩葉は思う。

「しかし、誉田さんはやっぱり本名ではなかったんですね。確か女性ごとに名前を変えているというお話でしたが、名前決めの基準ってなんなのでしょうね。わたしの場合は誉田朝流……もう少し単純な名前でもよかったのに。ほまれだって言いにくかったので」

すると月冴が無言で、自分の手帳にさらさらと、誉田の名前と見沼の名前をひらがなにして書き記し、それぞれランダムに数字を打った。

そして彩葉に、まずは見沼の方を数字の小さい順から読んでみろと言う。

『け（3）ん（6）ぬ（2）ま（1）な（4）な（7）お（5）』

「……〝まぬけなおんな〟⁉　だったら、誉田さんの方は……」

『ほ（7）ま（2）れ（4）だ（1）あ（6）さ（3）る（5）』

それは即ち――〝だまされるあほ〟。

「な、なななななな⁉」

月冴はなにも言わずに筆記用具を内ポケットにしまうと、彩葉の頭を撫でた。

他のスタッフもどこか気まずそうに咳払いをして、彩葉から顔を背ける。

彩葉はきいぃと叫ぶ。

「なんですか、それ。わたし、そこまで馬鹿にされていたんですか？　ああ、もう頭にきました。殴り込みにいきたい気分です。でも依頼人の方を先になんとかしてあげたいし。付き合って一年ということは、わたしが後だし……」

やがて彩葉はパンと手を叩くと、ポケットからキーケースを取りだした。

ぶら下がっている複数の鍵から、ひとつを手にして皆に見せつける。

「彼がわたしをとことん馬鹿にしていたというのなら、それを逆手にとってやります」

それは――誉田宅の合い鍵だった。むろん、一度も使ったことはない。

結婚に合意した際、結婚資金を貯めるために省略した指輪の代わりにもらったものだ。

当時は信頼された証だと喜んだが、今思うと使われない確信があって渡されたのだろう。鍵を捨てずにいたのは誉田に執着があったからではない。今まで忘れていただけだ。

「もしこれでまだ中に入れるなら、わたしが家《や》捜ししますよ。わたしは被害者なんだから
その権利はあるし、忘れ物をしたとかなんだって言い訳がつきますし。大体、別れようと
も本人から言われていませんしね！　盗聴、盗撮……設置はなんでもこいです。新米工作
部員、九尾彩葉！　今ここに誕生せり！」

高らかに叫ぶ彩葉だったが、誉田の鍵に険しい顔を向ける月冴の様子には気づいていなかった。

❖　❖　❖　❖

都心から少し外れた場所にある、古ぼけたマンション。

外観はそれなりに立派なものだが、最新式のセキュリティ設備は備えていない、ひと昔

前のタイプだ。

　周囲は特に見張られている様子はない……と言ったのは、月冴だ。彩葉はまだそこまでの観察眼は養われていない。

「あの……盗聴器設置して、ファイルを写メしてくるだけだし、別に社長が一緒でなくても、ひとりでできますが」

「だめだ」

「だったら外にいてくれても……」

「俺も中に入る。それとも俺が入ってはいけないような、ふたりだけの秘密のようなものでもあるのか？」

　ぎろりと睨まれる。

「財テク講座以外にはなにひとつありませんが……」

　それでも月冴が一緒であれば心強い。

　怒り任せに住居侵入をしようとしているのだ。基本優等生である彩葉にとっては、どんな言い訳を用意しても心臓がバクバクする。

（大丈夫、いつもこの時間は連絡がとれなかった。他の女性と一緒のはずだから）

　案の定、ドアノブは回らない。鍵が閉まっているようだ。

　インターホンを押しても返答はなかった。

　間違いなく留守だということを確認し、彩葉は合い鍵を差し込み回した。

カチャリと難なく解錠されると、足をばんばんと地面に叩きつけたい衝動になる。

やはり彩葉は、馬鹿にされていたのだ。

縁を切れば、反撃などする度胸もないと。

憤然とした思いで、月冴とともに中に入る。

「念のため、内から鍵はかけ直し、靴は持ってきたビニールにいれて手元においておけ」

「了解です」

月冴が盗聴器をしかけている間に、彩葉は初めて誉田の寝室に足を踏み入れた。

家具とベッドしかないが、床には脱ぎ捨てられた服が散乱している。

(几帳面だった彼らしくないわね。実はだらしなかったのかしら。それとも自宅を教えるほど特別だった依頼人と子供を失い、後悔に荒れていたとか？　ま、どうでもいいけど)

クローゼットを開けると背の低い棚があり、青いファイルが並んでいた。

それを手にしたタイミングで、盗聴器を設置し終えた月冴がやってくる。

「リビングはゴミの山で、異臭がしていたよ。ここしばらく家に帰ってないな」

「そっちもそうなんですか。講座を受けていた時は綺麗だったのに。これファイルです」

彩葉がファイルを開くと、同じテンプレートの台紙に詳細な個人情報が記されていた。

「なんでしょうか、これ。〝入会日〟……最近のものみたいですが、なんの入会なんでしょう。セミナー？　台紙には、なにかのロゴと、転写不可の文字が薄く見えますが」

それを見た月冴は片手で顔を覆うと、ぼそりと呟いた。

「これは、ＭＩＳＡＫＩが抱える結婚相談所のものだ」

「それって社長のご実家の？」

結婚に興味ない彩葉でも、ＣＭや広告で目にしている大手ブライダルチェーンＭＩＳＡＫＩ。その系列の結婚相談所からのファイルらしい。

「なんでそれが誉田さんのところに……」

月冴は重々しく言った。

「結婚詐欺集団には、ＭＩＳＡＫＩが関わっているのかもしれない。会社としてなのか、そこに勤める個人なのかはわからないが」

「なんのために？　むしろ結婚詐欺は結婚を破談にするのだから、商売にならないのでは……」

「闇取引でもあるのか。ＭＩＳＡＫＩからの個人情報を受け取り、誉田を始め兵隊が動いているのは間違いないだろう。結婚をしたいという意志がある女が相手だから、詐欺はしかけやすい」

しかし彩葉は、結婚相談所を利用したことがない。

それを言うと月冴は、皮肉げな笑いを作る。

「あんたの場合は、財テクセミナーだろうな。組織は多方面からカモを見つけているんだ。あんたならきっと、わかりやすくネギを背負い、食われる気満々で美味しいカモの調理講座を受けていたんだろうさ。だから誉田の毒牙にかかった」

「なんと……」

「ＭＩＳＡＫＩの結婚相談所は長男の領域。突き詰めたいが今は、やることをすませよう。とりあえずは証拠となるものの写真をスマホで撮るぞ」

「はい」

ふたりでしばし撮影していたが、彩葉はふと……棚の上にある大きな箱が気になった。とても意味ありげである。

「なんでしょう、あの箱。誉田さんの大事なものが入っているのでは……」

ふたりは箱を手にすると、慎重に蓋をあける。

出てきたのは——ぎっちりと詰まった避妊具の山だった。

菓子だとか風船だとかいう冗談すら口にできない、妙な空気が漂う。

「これ……どれくらいの期間で消費する気なんでしょうね」

彩葉はなんとなく目を泳がせて空笑いをすると、月冴はぶっきらぼうに言った。

「……奴と使ったことはないいんだよな」

「ありません！　……でもこんなにあるのに、この中のひとつすらわたしに使おうとしていなかったのだと思うと、複雑ですけれど」

「……俺はよかった」

「え？」

「誉田があんたにこれを何度も消費していたら、いや、一個だけだとしても、誉田を痛めつけたくなる」

月冴はむすっとして苛立たしげに頭を掻いており、冗談の類いでもなさそうだ。

「あんたが守銭奴でよかったと初めて思えた」

「そ、それはなによりです」

彩葉はどう反応していいかわからず、曖昧に笑うしかできない。

（なんか……ヤキモチみたいな感じだけど、そんなはずないし。なんだろう）

「……誉田以外とは？」

青灰色の瞳が鋭さを見せている。

「そんな男性はいません。これを必要とする行為自体、したことないですし」

するりと、言わなくてもいいことまでカミングアウトをしてしまった。

「――は？」

月冴が目や口を大きく開けて大仰に驚くため、彩葉はむっとしながら反論する。

「なんでそんなに驚くんですか。この歳で、それはいけませんか？　わたし、今まで恋人なんていたことがないんだから、そういう経験は……」

すると月冴はなにか言いたげに口を開き、そして眉間に皺を刻み、唸《うな》り出す。

「なんですか⁉」

彩葉が思わず叫んだ時だ。玄関から、かちゃかちゃと音がしたのは。

「まさかもう、帰ってきた⁉」

予想よりかなり早い、家主の帰宅。さらに女の声も聞こえる。

秘密にしていた自宅に女を連れ込むとは、やはりいつもの誉田らしくない。

バッティングしても言い訳できるようにと、眼鏡は持ってきている。

図太かろうが、まだ別れていないふりをして、彼氏の家にくるのは恋人の当然の権利だと主張して押しまくれば切り抜けられると、彩葉は踏んでいた。

そしてその間に月冴を逃がし、自分は誉田にまた捨てられる形で追い出されれば、大きな揉《も》め事にはならないはずだ――。

だが、最初から靴を隠す提案をしていた月冴は、そうした彩葉の犠牲による切り抜け方は考えていなかったようだ。

「早く終わらせてよ、このあと予定があるんだから」

そんな女の声が聞こえてくる。

「すぐに出ていくかもしれないな。クローゼットに隠れよう」

ふたりは広げていたものを棚に戻し、クローゼットの中に入ると扉を閉めた。

扉から光が差し込み、クローゼットの中からは寝室のベッドが見える。

クローゼットにはたくさんの背広がぶら下がっているため狭い。その上――。

「誉田さんくさい……」

思わずぼやくと、月冴は憤然と背広を端に寄せると、後ろから抱き締めてくる。

「な⁉」

「狭いんだよ。少し我慢してくれ」

確かに棚があるために、体の大きな月冴と真横に並んで立つのは窮屈だ。

それはわかるのだけれど――。

今度は月冴の匂いにくらくらして、全身の肌が芽吹くかのようにざわめいた。

わずかに漂う甘さは、テラスで開花しようとしている月下香の匂いにも似ている。

男らしい腕が彩葉の体に巻きつき、頬同士が触れあいそうなところに彼がいる。呼吸音までよく聞こえる距離感に、平然としていられるのはロボットくらいだろう。

「……すごい心臓の音」

「黙っててください！」

小さな声で叱咤した次の瞬間、寝室のドアが開いた。

誉田は髪を切ったようでさっぱりしている。毎日月冴を見ているせいか、誉田の男ぶりがレベルアップしたようには思えない。むしろ、中の上ぐらいだと思っていたが、もっと下なのかもしれないとすら思う。ただ愛嬌はある顔つきだが。

結婚をしようとしていた相手なのに、何ひとつ心は揺れ動かなかった。

悲劇のヒロインめいた気分にもならず、ただひたすら……なんで詐欺だとわからなかったのかと、自己嫌悪に陥るばかりだ。

彼が連れている女性の顔は、ファイルで見た気がする。

（やはり誉田さんは、ターゲットを指示されて動いているのね。とにかく、あの女性は予定があるみたいだし、用事は早く終わるみたいだから、黙っていれば……)

そう、この部屋に誉田が入ってきても、さっさと出ていくと思っていたのだ。

……ここが寝室であることを深く考えずに。

誉田は――女と抱き合い、濃厚なキスをし始めた。

ベッドの向こう側にいるのに、クチュクチュと、淫らな音と喘ぎ声がよく響く。

それだけではない、誉田は慣れた手つきで女の体を弄りながら、ワンピースを床に落とした。

(な、まさか目の前で……!?)

そして扇情的な赤いブラをずりあげると、大きな胸に吸いついた。

女は猫のような声で喘《あえ》ぎ、腰をゆらゆらと揺らしつつ、彼のズボンのベルトを外している。

(ど、どうしよう……)

ひとりならまだしも、今は月冴と一緒だ。

彼も目の前の情交を見ているのだろうか。

居たたまれず、隙間から見える光景に顔を背けていたのに、誉田はベッドに女を押し倒した。

クローゼットの扉とベッドの間は、扉を折りたたんで開くくらいの距離しかない。

大画面のテレビでAVを見せつけられているかのような事態になったのだ。

（や、やめてぇぇぇ……）

セックスは愛の営みとはいうけれど、綺麗さなどなにひとつない。ただ卑猥なだけだ。ベッドに仰向けに寝そべる誉田の上に、尻を向けて跨がった女は、誉田のそそりたったものを口に含んで尻を振る。すると誉田は、女の尻を持ち上げるようにして、顔を埋めると貪りついた。

自分も誉田ともしも関係を深めていたら、あんなことをされたのだろうか。

（……吐きそう）

嫌悪感と拒絶感が満ちてきたのに、快楽を訴える女の声に導かれるようにして、なにかの映像が脳裏にちらついた。

月。月下香。缶ビール。

それが青の色彩に包まれて移ろっていくのだ。

——ああ、カオリ。気持ちいい……！

ふいに男の声がよぎり、体がぶわりと粟立ち、体の芯が熱くなった。

カオリとは誰？

それは誉田の声ではない。彼が呼ぶ名前は別の女だ。

——ああ、もっと。もっと俺を、中に挿《い》れて。

切なくて泣きたくなる声だ。

それが誰かはわかりそうでわからない。

（なに、なんなの？　まさかわたし、ふたりの痴態を見て、おかしな妄想をはじめてしまったの？）

そうとしか思えない。

暗闇の中だから、妄想がエスカレートしているだけのこと。

落ち着こうと、乱れた息を整えていても、不意に蘇る声。

もう少しで明瞭になるのに、なにもわからない朧気《おぼろげ》な場面。

……焦らされたようなざわついた感覚に、体が熱くなってくる。

足をもじらせてしまった時、足先が床に置いた靴を蹴ってしまい、硬質の音が響き渡る。

カタン。

誉田の動きが止まった。

「ひ」と声を上げそうになった彩葉の口を、月冴が手で塞いだ。

息を止め、気配を殺す。

ドクドクと大きく聞こえるのは、どちらの心臓の音か。

誉田は立ち上がると、こちらへやってくる。

（こないで、こないで、こないで！）

祈りが通じたのか——彩葉がいる側のクローゼットの扉が開かれることはなかった。

誉田が開いたのは、その横にあるファイルが入った棚がある扉だけだ。

誉田は例の箱をあけて、避妊具を手にする。

そして、何ごともなかったかのように扉は閉められたのである。

月冴の安堵の息が聞こえると同時に、彩葉の口からも彼の手が外れた。

だが今度は息を呑み込む。

ベッドは広いのに、誉田はまるで嫌がらせでもしているかのように、わざわざ彩葉の目の前で女の足を大きく開いて、剛直を埋め込もうとしたからだ。

しかし突如、視界が暗くなる。

月冴の手が、彩葉の目を塞いだのだ。

「頼むから、見ないで」

囁き声が鼓膜に残る。

——俺を見て。

その声が、妄想の声と重なった。

視界を奪われているためか、やけに聴覚が鋭敏になっている。

月冴の呼吸が乱れた直後、さらにぎゅっと抱き締められた。

そして頬に、すりと……彼の頬が寄せられ、彩葉はぶるりと身震いする。

「俺だけを感じて」

——俺を感じる？　カオリ……。

（わたしはカオリじゃないのに、なんで……）

——あっ、ああ……カオリ。カオリ……あんたが愛おしい。

あきらかに快楽を訴えている艶めいた声が、月冴の声色になる。

月冴が感じている声に思えてしまう。

「ん……!?　ぐ……っ、や、ばい……」

そんな苦しげな月冴の声は、現実のものなのか、空想のものなのか。

体が熱くてたまらない。なにかが滴るくらい濡れている。

けたたましい心臓の音が、外に漏れてしまいそうだ。

誉田の情交の音などもはや耳に入らない。

月冴のすべてしか感じられない。

渇きすぎて喉がひりついているみたいに、欲しくて欲しくてたまらない。

体の全神経が貪欲に求めるのだ。

……月冴を。

(落ち着け、落ち着け。今のわたしはおかしな精神状況なだけ。誉田さんに惑わされるな。社長は上司で恩人で……想い人がいるのよ!)

——あぁ、あんたが好きだ。好きでたまらない……。

(だから、違うんだって。現実は違うんだってば!)

彩葉は自分の腕に爪をたてた。

しかしそんな痛みすら、興奮の材料になってしまうのだ。

男性経験がないのに、本能で感じる。

月冴が欲しいと。
ありえない、はしたない……どんな言葉をも凌駕《りょうが》するほど渇望するのだ。
早く自分を満たしてくれと。
脂汗が出るほど、欲しくてたまらないのだ。
想い人がいる男を、そんな気すらないだろう男を。
湧き上がる衝動が苦しすぎて。
「くぅ……っ」
呻《うめ》き声を漏らしたのは、彩葉ではなかった。
彩葉を抱き締める月冴の手が震えていた。
「は……なんだよ、これ……」
あまりに苦しげで、彩葉は浅く乱れた息をしながら、彼を見た。
一筋の光が彼の顔を照らしている。
冷めた青灰色の瞳に、熱が滾ってぎらついている。
何物かに憑かれでもしたかのような獰猛さを見せていた。
それは肉食獣の眼差しだ。噎せ返るようなオスの匂いを放っている。
彼はその目で彩葉を射竦めながら、唇を噛みしめて耐えている。
「……だめ、だ、これは……」
月冴は彩葉を強く抱き締め直すと、彩葉の尻に腰を押しつけた。

硬いものの感触に、彩葉は思わず息を乱す。それがなにかわかったからだ。

「少し……足を広げて」

切羽詰まったような小声には、強制力があった。

わずかに足を広げると、月冴は少し腰を落とすようにして、尻より前に硬いものを滑らせてきた。切なく疼いていた秘処を目がけて。

「――っ！」

彩葉は思わず手の甲を口にあてて、声を押し殺した。

そんな彩葉などお構いなしに、布越しにぐりぐりと硬いもので刺激してくる。

思わず彩葉が背を反らすと、月冴は彼女の首筋に吸いつき、さらに繰り返し深く強く突き上げてきた。

ずん、ずん、と尻にあたるその動きは、偶然のものではない。

彩葉が欲しくてたまらないところを目がけて、突いている。

（あ、ああっ、それ……気持ちいい……）

彩葉から声が漏れ出そうになった時、月冴の指が口に差し込まれる。

そしてゆっくりと口の中を掻き回された。

彩葉は無意識に彼の指に舌を絡め、激しく動かす。

それは合意を確認する行為でもあった。

（嬉しい。嬉しいけど……）

彼には想い人がいる。

しかしその障害が、彩葉の体を昂らせているのもまた事実だ。

月冴が掠れた声を、耳元に吹き込む。

「なぁ、選んで。一、このままで食われる　二、座って食われる　三、抱き上げられて食われる」

彩葉が食われることは必須条件らしい。

「お、想い人が……」

「いるじゃねぇか、ここに」

「え……」

「早く選べ！　こっちは、こんな場所なのに発狂寸前なんだ。一、二、三のどれだ⁉」

「い、一……？」

勢いに飲まれて適当に選ぶと、月冴は棚の上の箱に手を伸ばし、歯で封を切る。

そして――。

「煽られたと思うと癪《しゃく》だが……」

月冴は性急に、パンストごと彩葉の下着を引き下ろす。

秘処から、温かいものが腿に垂れているのがわかる。

「わ、わたし、初めてで……」

「あんたの初めても二番目もそれ以降も、俺だけだから安心しろ」

「え？」

「あとで……優しくするから、今は勘弁して」

切なげに目が細められた瞬間、横から唇を奪われた。

荒々しく噛みつくような口づけなのに、どこか優しくて甘い。

自然に唇を開くと舌が入ってきて、根元までねっとりと絡みついてくる。

（なんだろう、このキス……すごく安心できる）

うっとりとした刹那、背後から熱くて硬いものが秘処を往復し、そして、それをずぶりと埋め込まれた。

ぎちぎちと中を押し開いて、質量あるものが入ってくる。

問答無用で胎を蹂躙される感覚に、体は総毛立つ。

息とともに声を出したい衝動があるのに、逆に息を詰めてしまう彩葉は、震えながら月冴を迎え入れた。

（奥まで……挿《はい》ってくる。ああ、彼の……剝き出しの一部が……）

すべて押し込まれると、ぎゅっと抱き締められた。

痛みなどなにもない。ただ泣きたくなるほどの感動があるだけだ。

自分に足りなかったものを取り戻せたような高揚感。

欲しかったものに満たされる悦び。

唇の隙間から、歓喜の息が漏れる。

「余裕ないから、動くぞ。声、殺して」

月冴の広い体に包まれながら、律動が始まる。

熱い剛直で中を擦りあげられると、肌が粟立《あわだ》ち、官能の波が次々に押し寄せてくる。

（なにこれ、なにこれ。気持ち、いい。声、声がでちゃう）

「熱くてとろっとろ……。あぁ、たまらない……」

上擦った月冴の声に、彩葉は身悶えた。

狭いところだから激しい動きはできないはずなのに、月冴はより深いところを目がけて、容赦なくガツガツと穿ってくる。

切なく疼いてたまらないところを狙い撃ちされ続けて、あまりの気持ちよさにおかしくなりそうだ。逃れようと体勢をずらしても、月冴の剛直は快感を連れて追いかけてくる。

（ああ、イク。イっちゃう……！）

一瞬、自分は自慰すらしたことがないのに、なぜイクという感覚を知っているのかと思ったけれど、それは本能ゆえだとすぐに片づけた。そうでなければ、意味が通らない。

熱を出した時の悪寒にも似たさざ波が、強烈な高波となって押し寄せる。

（だめっ、だめ！　耐えられない……！）

彩葉は腕を嚙んで嬌声を消しつつ、強張らせた体をびくんびくんと痙攣《けいれん》させて達する。

「ああ、イッたばかりのあんたの香り……そそられる」

月冴の荒く熱い息が、彩葉の耳を掠める。

彼は動きをとめず、猛った分身で再び彩葉を追い詰め、何度も彼女を果てさせた。

彼が強いのか、彩葉が弱すぎるのかわからない。

しかし彩葉が感じれば感じるほど、達すれば達するほど、彼の剛直は猛々しくなる。悦びに奮い立っているように思えた。

「もっと、もっと食わせて。なぁ、飢えているんだ、俺……」

彩葉の唇を奪い、舌でも彩葉の口腔内を掻き回しながら、体内も攪拌《かくはん》してくる。

（ああ、わたし、また……っ）

嬌声は月冴の口に呑み込まれ、そして腹の中の剛直はびくびくと震えて猛った。

気づけばブラウスの下に潜った手が、彩葉の胸を強く揉み、反対の手で片足を持ち上げられている。結合場所からとろとろとなにかが垂れているのがわかった。

こんな薄暗い、他人の家のクローゼットの中で、着衣のまま、動物のように背後から交わっている。

ああ、なんと本能丸出しのセックスなんだろう。

こんな恥ずかしい格好をさせられても、抗えない。

抗いたくない。もっと荒々しく、壊すくらいに、彼の熱を刻み込んでほしい。

快感がとまらない。衝動がとまらない。彼への愛おしさがとまらない。

「気持ち、いい？」

月冴の声に、妄想の声が重なった。

――カオリ、気持ち、いい？

それはとても心地よく、そして切なくなるくらいに胸を締めつけるもので――。

「うん。すごく、気持ちいい……」

とろりとした気分で、自然と言葉がこぼれた。

「好き……。つか、さ……」

一筋の光が月冴の目を照らし出した。

見開かれる青灰色の瞳を見て、彩葉ははっと我に返る。

「え、わたし……ご、ごめ……」

彼には恋愛感情などない。それなのになぜそう口走ってしまったのか。

好きという気持ち自体、わからないはずなのに、なぜ――。

月冴は、動揺する彩葉の顔にキスの雨を降り注ぐと、彼女の耳元に囁いた。

「やっぱりあんた、魔性だわ……」

魔性というのなら月冴だろう。そのすべてが彩葉を欲情させるのだから。

「我慢、できない」

急くように大きな声で口にすると、月冴は律動を激しくさせた。

ぎしぎしと、大きな音がたてられる。

「だめ、ばれる。ばれちゃう！」

「もう……いいねぇから」

月冴は扉を蹴破った。

ベッドには——誉田と女の姿はなかった。

「鍵掛けて出ていった。だから……あんたの顔を見せて。声、聞かせて」

そして月冴は繋がったまま、真向かいになるように体位を変えて、壁に彩葉を押しつけた。

濡れてしわしわになっている誉田のベッドは、使いたくないらしい。

青灰色の瞳は欲情に濡れ、捕食者の如きぎらつきをみせている。

そうした彼の男の部分を見せつけられ、彩葉の心身はさらに昂ってしまう。

持ち上げられたままの片足はさらに大きく開かれ、月冴の剛直が出入りしているのが見えた。それは淫猥な光景だった。

羞恥《しゅうち》と興奮に身悶える彩葉は、喘ぎ声をとめることはできない。

狂ってしまいそうになるほどの衝動が、快楽とともにまた迫っている。

「あん、あぁっ、激しっ、それだめ、へんになる！」

誉田がいないと思うと、声も大胆に大きくなってしまう。

こんな甘ったるい声を出していることに恥じらいつつも、もう自分を隠せない。

月冴の端正な顔は苦悶に満ちていた。眉間に刻まれる皺は、いつも見ているけれど、今の彼のその表情は、男の艶に満ちたものだ。

暗がりで何度も重ねた唇は薄く開き、淫らな息を繰り返している。

彼も気持ちがいいのだ。

それが嬉しくて、彩葉が締めつけてしまうと、月冴は呻きながら緩やかに頭を横に振る。

「あ、ああっ、イキそうだ。あんたの中で、一緒に……イカせて」

なんてセクシーな声を出すのだろう。

「うん、一緒に。あっ、ああっ、いい……しゃ、ちょ……ああ、わたし……」

「月冴だろう、カオリ……」

気だるげに、そして男の色香を強くまといながら、泣きそうな声が向けられる。

「カオリ……？」

――カオリ、カオリ……好きだ。カオリ！

なぜ、彩葉の妄想と同じ名前が彼の口から出てくるのか。

「覚えてないの、俺のこと。あんなに、あんなに……愛し合ったのに」

激しい律動を繰り返しながら、熱に潤んだ青灰色の瞳から、雫が落ちる。

「二十歳の誕生日、カオリだって、嘘をついていなくなりやがって。せっかく見つけたのに……忘れるなよ、ちくしょう！」

快楽の渦が大きくうねっている。彼女をより深淵へと沈ませようとしている。

（今、彼はなにを……。ああ、気持ちよすぎて、理解ができない……）

「ああ、くそっ。月下香の匂いがまたきつくなる。これ以上、俺をどうしようというんだよ。どれだけ俺を捕らえる気だよ。ああ、もう俺――」

月冴が呻き、体を震わせた。

「イ、ク――っ」

彩葉の中でぶわっとさらに膨張したそれ。薄い膜越しに熱い飛沫を感じた。

どこまでも彼で満たされたことが嬉しくて、彩葉がぶるっと体を震わせた瞬間、快楽の奔流が押し寄せてきた。

「今……締めつけるな。搾り取るんじゃ……ない！」

かなり苦しげな声を聞いたような気がしたが、それを理解できるほどの余裕はなく、彩葉は背を反らせながら、破裂寸前だった体をぱあああんと弾かせた。

貪るように唇を奪うこの男が、愛おしくてたまらない気分になりながら。

第四章　それは欲情の連鎖につき

月冴と情交してから三日経っていた。

特殊すぎる環境での激しすぎる欲情と、めくるめく快感を体験した彩葉は、月冴のようにいつも通りに振る舞うことができなかった。

（わたし……愛を知ることを飛び越え、快楽堕ちしてしまったの？）

彩葉にはそんな新たな悩みも増えてしまったというのに、月冴の平然とした態度はなにかむかついた。

彼はなにひとつ、あの情交で引き摺ることがないらしい。

あれだけカオリカオリ言っていたのに、そのことすらもプライベートに持ち込まず、さらに二度目を迫ることもない。

なかったようにしようとしている彼の態度に無性にカチンときて、一度、社長室でコーヒーを淹れた際に尋ねたのだ。

愛の伝道師なら、愛を授けた女にフォローはないのかと。

それとも、ただの発情したメスザルとしか思えてなかったのかと。

……正直、そこまで深刻に捉えておらず、口を滑らせてしまっただけだ。その際周囲を確認したにもかかわらず、気づけば狗神がにやにやして立っていた。

――社長の様子がおかしいと思えば、そういうことか。

狗神にとって月冴の態度は平常通りではなかったようだ。狗神の呟きを聞くや否や、月冴は動揺してマグカップを倒しそうになり、惨劇となるのを防ごうと彩葉も手を伸ばしたところ、月冴と手が触れた。その途端、彩葉の中で不意打ちのように蘇ったのは、クローゼットでの秘めごと。

月冴が欲しいと渇望した、あの欲情までもがありありと思い出された。

さらに、しばらく彼の感触がとれなかった下腹部の奥が熱くなり、秘処がじゅんと疼いて濡れた時、月冴が突如呻いて机に突っ伏した。

どうしたのかと問うても、答えない。

しかし耳が真っ赤だった。

――社長と補佐は休憩中ということで、一時間後にまたくるね。

意味ありげな台詞を残して狗神が去ると同時に、憤然と立ち上がった月冴は、彩葉の手を引いて上階――つまり自宅に連れ帰った。

そして彼はケダモノ化して、彩葉はまたガツガツと食べられたのだ。

それが会社でも家でも何度かあった。

彼が思い立った時は、ちょうど彩葉も発情している。行為自体には抵抗はなく、むしろ悶々とした欲情を吹き飛ばしてもらえるからありがたいほどなのだが、これは上司と部下の関係でもない。しかも彼がカオリと間違えたのは誉田の家だけで、それ以降は名前を呼んだり優しい声をかけてくれることもなく、言葉ないまま激しい性交をするばかり。

まるで、病気の治療か、性欲処理だけの関係のようだ。

それでも彼の剛直はいつもいつも目を瞠るほど怒張している。彩葉を女として求めてくれているのはわかるが、なぜ彼は壁を作ってしまったのだろう。

ひとつ屋根の下、求められるかもしれないと終始ドキドキしているのに、彼から声がからない。なんだか後宮入りした、妾の気分である。

これなら前の方が甘い雰囲気だった。最近では、月冴の残業が多くなり、帰宅するのは朝方。その後ろくに休む暇もなく出社するため、プライベートではすれ違っている。

同じ家にいるのに、だ。

それに段々と会社でもよそよそしくなっているように感じる。

これは避けられているのかもしれない。

……こんな関係になりたかったわけではない。

こんな――性欲だけで深く関わる、体だけの関係には。

（そういえば誉田さんの家で、彼は……わたしの名前を呼ばなかった）

彼は、カオリという想い人を彩葉に重ねているのではないか。

それが彩葉に対する罪悪感となり、距離をおこうとしているのではないか。

そう考えると、心がギシギシと音をたてて軋む。

ただ不思議なのは、なぜ月冴によく似た自分の妄想の声に、カオリという具体的な名ができたのか、である。カオリという名を話題にしたのは、家にある月下香の、その漢字を教えてもらった時ぐらいのはずだ。

（わたしの抜けた記憶の中に、彼がいたのなら、彼の想い人とわたしは関わりがあったのだろうか。まさかカオリさんとわたしが友達とか、あるいは……）

妄想は飛躍して、正解の着地点が見つからない。

ただわかるのは……どんなに優しく手を差し伸べてくれた者でも、結局は誰もが自分の元からいなくなるのだ。本当の大切なものを優先して。

彩葉は、月冴の心が欲しいと思った。

カオリに向けているような愛情を、自分にも向けてほしいと。

情事の時も、自分を見つめて彩葉と呼んでほしいと。

体も欲しいが、心も欲しい。

こんな欲張りな我儘な感情はなんなのか、飯綱に聞いてみた。

——それこそ……ラブ、ですよ。

彩葉にはないというそれが、今はあるがために苦しめられているというのか。

心が欲しい。

ひとりの女として、愛されたい。

……彼の想い人、カオリのように。

❖　❖　❖　❖

月冴は聞いていないふりをして、誉田の部屋で撮影した画像をプリントアウトしたものを見ている。

揶揄《やゆ》の声を響かせるのは狗神だ。

「つーかさちゃん」

「……っ」

「発情期のおサルみたいに、盛っちゃってる月冴ちゃん」

「彼女のペースを守るどころか、心よりまた体から入ってがっつり溺れきり、なんとか爛《ただ》れた関係性を立て直そうと彼女を避けて策を練ってみても妙案が思い浮かばず、罪悪感を抱きながらも盛ることをやめられない、お馬鹿な月冴ちゃん」

月冴は机の上に突っ伏した。

「なにやってるんだよ、月冴ちゃん。初恋のひと相手に浮かれる気持ちはわかるけど、なんでそんなに所構わず発情しているのさ、理性派の月冴ちゃんらしくもなく。告白は？」

狗神の指摘はまさに今、月冴を煩悶させているものだ。月冴は苦しげな声音で答える。

「まだだ。ちゃんと改まって、行為には愛があることを言いたい。それなのについ、あの爆発的な欲情に理性をもっていかれる。それが怖いから少し遠ざかって出直したいのに、距離を取れば、触られただけで感情が獰猛に暴れ出し、我を忘れて振り出しに戻ってる」

「食っているどころか、食われているわけか」

月冴はおもむろに顔をあげると、ため息をつく。

「世の男って、こんな激しい欲情を普通に抱えて、やり過ごせるものなのか？　狂気じみるくらいに欲しいと思うのは、俺が特殊だからなのか？　俺、ここまで自分がケダモノだとは思わなかった。彼女限定とはいえ、盛ってばかりいる自分が情けなくてさ。なんで突然に、こうなっちまったんだ。箍《たが》が外れたみたいに」

悩める月冴の告白に、狗神はけらけらと声をたてて笑った。

「七年前以上に、彩葉ちゃんにぞっこんなだけだ。でも早くその発情を制御しないと、彩葉ちゃんいなくなるぞ」

「え？」

「だって月冴ちゃん、心を求めないで体ばかりを激しく求めているわけだろう？　月冴ちゃん的に濃い愛を注いでも、愛がなにかわからない彩葉ちゃんが相手なんだから、愛の花なんか咲く前に枯れるだろうさ」

それだけは回避したい。彩葉も拒んでいないとわかるからこそ、それを愛に繋げたいのだ。相手が自分だから、あんなに乱れることを悟らせたい。

……七年前、心を通い合わせた時のことを思い出させたい。

「昔の記憶は取り戻せそう？」

「正直わからない。ケダモノじみたセックスを通して思い出してもらえたらとも思うけれど、回数を重ねると、俺が七年前のことを思い出す余裕もない。ただ黙々とガツガツと抱いている。そのうち俺、獣語しか喋れなくなりそうで怖い」

「泥沼に堕ちたね」

「まったくだ」

「でもさ、四六時中悶々としているわけじゃないんだろう？　今だって仕事ができている時間があるんだし。彩葉ちゃんに触れて発情するのは毎回？」

「いや、不定期。だから怖いんだ。毎回ならば対策もたてられるのに」

「ちょっと待ってて。もってくる」

　なにをと月冴が聞き返した時すでに狗神の姿はなく、そして数分後に彼が〝もってきた〟のは、彩葉だった。

「い、狗さん！」

「ひとりで悩んで解決できない時は、ふたりで悩む。それがパートナーでしょう」

　正論だが、狗神は月冴と一緒に悩んでくれないらしい。

　代理をおいてさっさといなくなってしまった。

「その……なんだ。ええと……」

　突然すぎる。彩葉を目の前にして言葉がまとまらない。

するとと彩葉が神妙な顔で切り出した。

「……社長。カオリさんってどんな方なんですか？」

「え？」

「わたし、記憶がない二十歳の誕生日の時、社長とカオリさんに会っていましたか？」

目の前の元カオリがなにかを言っている。

「もしかして……その、社長はわたしに、社長とカオリさんがえっちしているところを見せたとか、三人で楽しんだとか……」

月冴は遠い目をして、アブノーマルな方面へ力説する彩葉を宥めた。

彼女なりに色々考えたのはわかる。真剣な顔をしているから。

「……それは、まったくない。あんたのただの妄想だ」

「でもわたしの頭の中では、社長みたいな男性の声が、カオリカオリと愛を語るんです。それはもうえっちな声で。なんでわたし、社長の想い人がカオリさんだと知る前から、カオリという名前で妄想が浮かぶんですか」

情交を通して、少しずつ彼女も思い出しているようだ。

彩葉に自分の痕跡が消えていなかったことは嬉しいが、セックスをしなければ思い出せないというのもまた複雑ではある。

「社長、どうして……今はカオリさんのことを口にしないんですか。それはカオリさんに対して……」

「ストップ」

悩んでいたのは自分だけではないようだ。

自分のことで精一杯すぎて、彩葉を困惑させていたんだろう。

「惑わせてすまない」

情けない。不甲斐ない。

「カオリはあんただ」

大丈夫。今は落ち着いている。

自分も、彼女も。

「……わたしは九尾彩葉ですが」

彩葉はきょとんとした顔をしている。当然だろう。

「あんたが名乗ったんだ。七年前、俺たちが二十歳の誕生日の夜。ツキシタカオリと」

「わたしが？」

「一夜をともにした。それで朝、起きたら消えていた。探していたんだ、ずっと。ツキシタカオリが本名だと思っていたから」

彩葉は釈然としない顔をしている。

思い出すものはないのかと思えば寂しい。

「あんたなんだよ、九尾彩葉。俺が想い続けてきたのは。まさか事故に遭って記憶をなくしていたとは思っていなかったけれど」

愛らしいその目が、くりくりと動いている。

色々と記憶を辿っているのかもしれない。

「……だったら、カオリカオリと呼ぶ、妄想のえっちな声は」

月冴は少し照れたようにして言った。

「多分、俺だろう。断片でもあんたは覚えていてくれていたようだ。……体も」

途端に彩葉は真っ赤になる。思い当たるところはあったようだ。

「言っただろう、俺」

――あんたの初めても二番目もそれ以降も、俺だけだから安心しろ。

「な……」

ああ、熟したトマトのようだ。蕩けそうな顔をする彼女が可愛くて困る。

妖艶な彼女もいいけれど、初々しい彩葉も十分に可愛すぎる。

……たまらなくなる。

「ずっと、想い続けてきたんだ。あんたを……」

月冴は、彩葉の手をとる。

「俺は――」

そして肝心なところで、ズンと、熱いものが腰にきた。

また不意打ちの、発作の如き欲情である。

それでも負けずに、月冴は続けた。

「俺はあんたのことが、好……」

ドクドクドク。

血潮が滾り、込み上げる猛々しい衝動。

飢餓《きが》感を必死に我慢して、なおも続けようとした時、彩葉が後退《あとずさ》った。

「なななななな！」

まるで瞬間移動をしたかのように、あっという間に遠くに。

すると、不思議と……月冴の欲情が鎮まった。

月冴は怪訝《けげん》な顔をした。

こんなことは初めてだったからである。

なぜ唐突に落ち着けたのかと考えているうちに、ひとつのある可能性に行き着いた。

月冴はそれを確かめるべく、真っ赤な顔で固まっている彩葉に近づき、抱き締めてみる。

「しゃ、社長！」

ドクドクドク。

再び腰に熱が集まり、衝動が強まる。

まさか。まさかこれは――。

再び離れると鎮まる。しかし彼女に触れると昂る衝動。

それは、推定した可能性が、正しいことを示している。

常識的にはありえない。だが、この状況を考えればそれしか結論できない。

蕩けそうな顔をしている彩葉に、月冴は尋ねた。

「――なぁ。あんた今、俺に欲情したよな？」

「え？　な、なぜ……」

図星らしい。目が泳いでいる。

途端に月冴は爆ぜた。

「あんたかよ、所構わず欲情しているのは！」

❖　❖　❖　❖

彩葉の欲情が月冴と連鎖《リンク》しているのではないか――。

その可能性を月冴から告げられた時、彩葉にはすとんと腑に落ちるものがあった。

思い返せば確かに、月冴との情事をリアルに思い出して体を熱くしていると、月冴も欲情している気がする。

（わたしの欲情がダイレクトに伝染していたなんて……）

恥ずかしくて、穴があったらそこでずっと引き籠もっていたい。

さらに判明したのは、欲情の連鎖の範囲は、大体１ｍ以内。

１ｍを超えれば、月冴が欲情に悶えることもない。

（確かに家で夜、悶々としていても求められることはないし……。なんで１ｍなのかはわからないけど……）

また、それは彩葉から月冴に伝わるものであり、逆はないようだ。

欲情という秘めておきたいナイーブなものを、よりによって相手に一方的に知られてしまうだけではなく、野獣化させてしまうなど本当に迷惑この上ない。

仮説とはいえ、かなり信憑性があり、彩葉は月冴から接近禁止令が出された。

まるで痴女扱いだ。

しかし月冴の想い人は自分だと知ってしまってからは、やけに濃密な濡れ場を思い出してしまうため、無難な方策といえた。

（もっと……お話をしたいんだけれど……）

その後のミーティングでは、月冴が突如発情発作をおこさないために、彩葉は一番遠い席に座らせられた。落ちこぼれのように、ひとりだけぽつりと。

セックスをして距離が縮まったはずなのに、前以上の距離が開いている。

『今夜、家で続きを話そう』

それはメールで通知された。１ｍの向こう側から、声をあげてする話ではないと判断したらしい。それは同感であったが、謎の消化不良感も彩葉の中に残った。

スタッフルームでは、月冴の声が響いていた。

「誉田が中々自宅に戻らず、盗聴に時間がかかったが、誉田が所属するのは半グレ集団ＦＯＸだと判明。そしてそれは鼬さんの調査で、ＭＩＳＡＫＩに繋がっているようだ」

「ああ。副社長とＦＯＸの幹部と思われる男が会っていた。ただ副社長の一存なのか、社長である……社長の兄君である長男の意向なのかはわからない」

長男ということは御先家の後継者だ。彼が半グレ集団と繋がっていたら、スキャンダルになるだろう。月冴の実家だけに、そうではないことを祈るしかない。

「ファイルにある女と、誉田と思われる……本名、カワイプウ」

「誉田さんの名前、なんですって？」

彩葉は思わず挙手して月冴に尋ねた。

「カワイプウ」

「それが名前なんですか⁉　どんな漢字で……」

すると鼬川がホワイトボードに大きく書いた。

『可愛　黄熊』

（なんと……。黄熊でプウ。可愛いプウさんか……。キラキラしすぎているから変な偽名にしているのかも。名前の由来というより、名前そのものに恨みを込めていそうだわ）

「誉田……いやプウは、ファイルの女と接触しているのは間違いない。そして確かにこの中の数人の女性は行方不明になっている。わかっている範囲で……全員が実家と疎遠で、友達がいない内向的な女性だな。プウが金を巻き上げてから一週間以内には、行方を眩《くら》ませている」

そしてまた彩葉が手を挙げて尋ねた。

「わたしがまさにその典型的なケースだと思うんですが、なぜわたしは違うのでしょう」

するとと鼬川が笑った。

「嬢ちゃんは扱いづらそうだし、すぐに住まいごとうちにきたことも大きいだろう。もし社長が会いにいかなかったら、ひっそりと消えていたかもしれないな」

ぞっとした彩葉は、改めて月冴の存在に感謝する。

月冴は続けた。

「そして、依頼人が言っていた行方がわからないというキャバ嬢――源氏名、揚羽《あげは》だが、店では一切素性は隠しているとのことで、調査は難航している。彼女は、ファイルにはない。だから九尾のように、別の切り口でカモにされたのか、あるいは……ＦＯＸの関係者なのか」

「女子大生ぐらいの歳って言ってましたわよね。もし組織の一員なら、随分とお若いわ」

狸塚がおっとりと話すと、月冴は手にある写真を狸塚に見せる。

「まあ、大人っぽい子ですわね。エキゾチックな美人というか」

狗神も写真を見たが、笑い飛ばした。

「ああ、きっとこの子……化粧映えするタイプで、素顔は冴えないよ。だから探すのなら、美女というより地味子を探した方が辿り着きやすいかも」

そして飯綱もその写真を見る。

「私服は全身ブランドずくめですね。平凡な環境で育ったがゆえの虚栄心の表れかもしれません。ＦＯＸの一員だとしても、幹部の女というよりは、いつ切り捨てられてもいいような駒なのでしょう。写真を見ただけでも、ブランドに着られている気がしますから」

彩葉も写真を見せてもらった。

（これ……）

写真を凝視して、彩葉は眉間に皺を寄せた。

「どうしたのさ、彩葉ちゃん」

「この顔……。厚化粧ではありますが……」

全員の訝しげな視線を浴びて、彩葉は顔を両手で覆ってから、答えた。

「もしかして、わたしの……血が繋がらない妹、美蝶子《みちこ》かもしれません。鼻の下のほくろ、同じ位置に美蝶子もほくろがあります」

❖　❖　❖　❖

夜空には、歪《いびつ》に膨らんだ月が浮かんでいた。

テラスの月下香は満開になり、清楚な白い花を咲かせていた。

夜になると香りが変わると聞いていたが、確かに濃厚でエキゾチックな香りがする。

見ている者を虜にするような、蠱惑的《こわくてき》な香りだ。

「社長、まだ帰ってこないのかしら……」

彩葉はふと、意を決して母親に電話した時のことを思い出す。

妹の連絡先を知らないため、妹の情報は母親からしか得ることができないからだ。

とはいえ、キャバ嬢が妹かどうかは単刀直入に聞けないし、深く突っ込めば不審がられて、妹に関する情報をすべて遮断される可能性がある。昔から母親は、彩葉が妹に干渉することを嫌がるのだ。まるで穢れた血は純血に触れないでくれというかのように。

美蝶子に渡したいプレゼントがあるから、どうしても直接美蝶子に会って手渡したいのだと嘘をついてみると、明日三時頃に一度実家に戻ってくるからと教えられた。

美蝶子は実家暮らしをしているはずだが、今はあまり家に戻っていないようだ。

今現在、妹に命の危険性はなさそうで安堵しつつ、彼女が誉田とどんな関係か、直接話を聞き出すため、三時に実家に戻る約束を取りつけたのである。

実家との窓口になるのは、彩葉しかできない重大任務だ。

月冴もついてきてくれるとのことで、心強いものの、心臓発作のように不穏な動悸がとまらない。

それを、これから月冴と七年前の話をするという楽しみに変えてなんとか落ち着かせ、月冴の帰りを待っていた。

彼が帰ってきたのは九時だ。

「遅くなった」

月冴が笑顔を向けた。

それだけで心がきゅんとなってしまった。

いつ欲情に変わるかわからないため、ソファに座る月冴から、１m離れたところに椅子を運び出して座った。まるで就活の面接である。

リビングには月下香の匂いが充満して、目眩がする。

月冴が帰ってからは、彼が漂わせる色気と混ざり合い、今にも欲情してしまいそうなほどにくらくらしてしまう。

「ちょっと、俺の話をしていい？」

「はい」

「俺と兄貴たちは三人とも、母親が違う。父親は本家に母親を入れず、俺たちを競り合わせ、後継者を育てようとしていた。野心が強い兄たちは勝手にライバル視して、蹴落とし合いばかりしていたけれど、俺はそんなものはどうでもよくて。本家から出ることばかりを考えていた」

月冴は皮肉げな笑いを浮かべた。

「そんな時、本家に三歳年下の妹が現れた。やはり母親は違うんだけれど、儚《はかな》げで今にも消えてしまいそうな子でね。女は使い道があると笑う父親を見て、妹を助けてやりたいと思ってさ。あまり感情を外に出さない妹だったけれど、懐いてくれて。俺が初めて家族だと思える大事な存在だった」

妹を語る月冴は、穏やかな笑みを見せた。

「妹が十五になったあたりかな、様子がおかしくなって。学校でなにかあったのかなと思って聞いてもなにも言わない。そんなある時、制服を着たまま行方不明になった。俺は騒いだが家族は動かなかった」

「警察は……？」

「世間体があるから警察沙汰にするな、そのうち帰ってくると。金も力もあるくせに、妹のためにはなにも使おうとしない家族に腹を立て、独自で探した。その時、助けてくれたのが……狗さんや外のスタッフだ。どしゃぶりの中で必死になっている俺を見て、ただごとではないと声をかけてくれた。赤の他人なのにさ」

スタッフたちが月冴を心配するのは、その時の彼を知っているからなのかもしれない。

そして彼はきっとその時の恩を大事にして、他のスタッフの抱えているものを軽くしたのだろう。スタッフたちが忠誠を誓うほどには。

「皆の協力があって、ようやく妹を見つけられた。妹は……大勢の男たちの……相手をさせられていたんだ」

「え？」

「クスリ漬けにもされて痩せ細り、梅毒にもかかり綺麗だった肌も臓器もボロボロだった。……妹が密かに付き合っていた年上の男に騙されて、金に困ったその男を助けるために、金だけある変態たちの贄《いけにえ》になることを選んだんだ」

「……っ」

「父に……金を貸してほしいと頼んだが断られたからしい。俺がいたのに、俺には迷惑をかけたくないと。俺は兄なのに！」

月冴はぎりぎりと奥歯を噛みしめた。

「妹の恋人を名乗った男は詐欺師だった。金を巻き上げるため、名家の令嬢をひっかけただけだった。結婚の約束もしてね。純情な妹はまんまとそれにひっかかり、堕ちた。そんな痛ましい有様を見て、父はなんと言ったと思う？」

——穢《けが》らわしい。

「長兄は、重篤な状態となった妹のために、優秀な医療スタッフの元ですぐに手術を受けられる手配はしてくれた。でもそのあとは、父に賛同して隔離病棟に閉じ込めた」

そして兄たちは、意識を戻した妹に、直接こう言ったという。

——俺たちの役にたてないな、こんなボロでは。

——女なんて政略結婚しか能が無いのに、それすらできないなんてねぇ。

……あまりにもひどい話だった。

「そんな家族に妹は優しかった」

——お兄ちゃん。誰も恨まないでね。私がいけなかったの……。

——助けてくれてありがとうって……思ってね。恩は……返さないと。

「家族を恨むな。詐欺の男も恨むな……そう痛々しく笑ってさ。だけど俺は、詐欺師の男は許せず、見つけ出してぼこぼこに叩きのめした。顔の形が変わるくらいに。その最中だったんだ。……妹が、自死したのは」

「え……」

「家族は、一族の恥さらしだとちゃんとした葬式を出さなかった。参列すらしなかった。俺ひとりで見送ったんだ。二十歳の誕生日に」

月冴の目から、涙がこぼれおちた。

「毎年、誕生日には妹が祝ってくれててさ。その妹がいないのがキツくて。そして妹を守ってやれなかった未熟さが苦しくて。早く大人になりたいと思いながら、缶ビールを飲んでいたんだ。妹が好きな月下香が咲く、あの公園で」

月下香が咲く公園――。

「そこにあんたが現れた。髪に月下香の花を挿してさ。妹みたいな儚げな顔で、俺と同じくビールを飲んで月を見上げ、自分の誕生日をひとりで祝っていた」

優しく笑う月冴の目は涙で溢れている。

「……惹かれたんだ、どうしようもなく。妹に似ている、俺に似ている、最初はそこから入った自己憐憫だったかもしれないけれど、あんたを抱いてあんたを知るたびに……好きだと思った」

どくり。共鳴したように彩葉の心が脈動する。

「今まで女を好きになったことがない。女を抱いたことがない。妹とともに涸れたと思っていたのに、込み上げてくる衝動は……愛だと感じた。あんたが愛おしくて……何度も抱いた。抱いても抱いてもまだ足りなくて、あんたに飢えた。本能であんたを求めていたよ。そう、ケダモノが番《つがい》に会ったみたいに」

激しく体を求める月冴の姿を思い出す。

一心不乱に真っ直ぐに、捕食者の眼差しで見ていたのは、カオリではなく――

「九尾彩葉。ツキシタカオリと偽って、記憶をなくしても、俺は……あんたが好きだ」

自分だった。

誰にも愛されることのなかった、この自分だった。

彩葉の目から、歓喜の涙が止めどなくこぼれおちる。

「俺は、あんたと始めたかった。二十歳になって大人になって……あんたがそばにいれば、どこまでも強くなれる気がした。なにかを変えられる気がした。一夜限りの……ドライな関係にはしたくなかった」

月冴はソファから立ち上がり、ゆっくりと彩葉に近づいてくる。

彩葉は自分に問うた。

なぜ自分は、彼のことを忘れてしまったのだろうと。

なぜ自分は、彼のことを思い出せないのだろうと。

そこまで月冴に愛されて、どうして愛を溢れさせないのかと。

……いや、この感動のような感情こそが、愛なのか。

月冴の心が自分にあるとわかって、満たされるこの感情こそが、自分には必要がないと切り捨ててきたものなのか。

愛はこんなに……温かく、そして切ないものなのか。

彩葉も立ち上がった。月冴の心のそばにいきたいと思った。

――なぁ、九尾彩葉さん。

――愛より金の方が大事なのはわかった。……あんた、深刻な愛欠乏症なんだな。

――そうだな。……一度囚われると離さない、魔性の花かもしれない。

――俺のこと……わずかにでも覚えていないか？

ゆっくりと、月冴との距離が縮まっていく。

――上出来だ。そうやって少しずつでも、愛に理解を深めていけるといいな。

――あんたに足りない部分。いやっていうほど、俺が満たしてやりたいと思う。

――覚えてないの、俺のこと。あんなに、あんなに……愛し合ったのに。

――ずっと、想い続けてきたんだ。あんたを……。

ふたりは手を伸ばし、指を絡み合わせる。

「……欲情してないの？」

「それより大きなもの、もらいましたから」

「それはなに？」

「……愛です」

月冴は笑うと皮肉を言う。

「愛欠乏症のあんたに、愛が理解できるの？」

「頭で理解するというよりは、体が感じるんです。社長の言葉が嬉しくてたまらなくて。不思議とこの感覚が懐かしくて。……カオリと名乗っていたその一夜、すごく社長を好きだったのかもしれません。記憶から消えないくらい、社長が好きだったのかも」

「そう……だったら俺も嬉しい」

和らいで細められた青灰色の瞳が、愛おしくて仕方がない。

我慢していたのに感極まって溢れ出る……そんな感情にもよく似て。

月冴にもっと触れたい。月冴に愛されたい――もっと濃密な触れあいを望む自分がいる。

きっとこの感情は――。

「……わたし、社長のこと、好きみたいです」

そう口にすると、涙がとめどなくこぼれる。感情が溢れ出てくるのがわかる。

彩葉は、月冴に抱き締められた。ふわりと、月下香の甘い匂いがする。

「みたいじゃなくて、断定してくれよ。俺が好きだって」

濡れる頬に、月冴の唇が押し当てられる。

「好き……です？」

「疑問形にするなよ、断定して」

月冴は笑いながら、彩葉の涙を唇で拭っていく。

「好き……です」

「ん」

「正直、社長の体と同じくらい、心も……欲しかったんです」

「体と同じくらいというのなら、強烈に俺の心を求められていたんだな。ああ、情けなくてもいいから、早く俺の心を曝け出してしまえばよかった。開花寸前のあんたに」

優しく笑う月冴の唇が、ちゅっと音をたてて彩葉のそれを啄んだ。

「体だけの男に思われたくなくて、俺もこれからの接し方、色々と悩んでいた。どうすれば、あんたの心が手に入るかと」

とろりと蕩けた青灰色の瞳。

それに見覚えがある気がして、懐かしさに胸が一杯になった。

「ふふ、同じこと、思っていたんですね」

「そのようだ」

月冴はまた軽く唇を重ねてくる。そしてふたりはソファに座り、見つめ合う。

「始めてもいい？　あんたと俺の時間。二十歳の誕生日から」

「はい……」

「体でわかっていると思うけど、俺……七年もかけて熟成した、あんたへの愛は半端ないから。欠乏症なんか吹き飛ぶぞ？」

「望むところです」

彩葉は月冴の首に両手を回した。

「あなたの愛で……満たしてください」

視線が絡んだのは一瞬。

すぐに唇が重なり、ちゅくちゅくと音が響く。

月冴の手が彩葉の後頭部と背中に回った直後、彼の舌が彩葉の唇から入ってくる。

縺れた舌が絡み、キスが深くなる。

こんなにゆっくりとキスをしたことがなかった。

いつも情交の最中、忙しくしていたものだったから。

（ああ、脳まで蕩けそう……）

恍惚《こうこつ》感に酔いしれながら、月冴はどんな表情でキスをしているのかと気になり、薄く目を開いてみた。

苦悶《くもん》の顔。それがあまりに艶めいていて、彩葉の体が熱くなった。

欲情、してくれている。

月冴の猛々しいものを何度も迎え入れた部分が、きゅんきゅんと疼いて濡れてくるのがわかる。それは淫らな反応だとわかっているのに、月冴にそう体を変えられたことが嬉しくもなった。月冴だけに開く体——それは彼の愛で純粋培養された気になるからだ。

そう思った瞬間、月冴がぶるっと震えて、キスの合間で悩ましい声をあげる。

やはり、彩葉の欲情はダイレクトに伝わるのか、月冴のキスは次第に獰猛さをみせ、彩葉の口腔をねっとりとした舌でかき回してくる。

濃厚なキスの合間に漏れるふたりの息が、荒々しく急いたものになると、月冴の手は彩葉のスカートの下に潜り、柔らかな太股を撫であげた。そして、彼女の腰をぐいと引き寄せると、彼女の腹部に己の局所を押しつける。

硬い。かなり猛っている。

唇を離すと、照明に反射して淫らな銀の糸が光った。

「あんたの心も手に入って興奮しているのに、あんたに俺の心も体もこんなに求められているとわかったら、俺……人間崩壊するかも」

そう笑いながらも、彼の眼差しは肉食獣のようなぎらつきを見せ、片手でネクタイを解くとソファに放った。そしてワイシャツのボタンを外す。

逞しい男の体を見て、彩葉は体を濡らしながら、自然にその体に頬をつけた。

「ああ……」

感嘆のようなため息をこぼしたのはふたり同時だった。

しかし月冴は官能的な呼吸を繰り返し、ズボンのベルトを外す。

「あんたが欲しくて狂いそうだ。あんたの欲情のせいなのか、俺自身のせいなのかは、わからないが……まずは早く、あんたの中に挿れさせて」

彩葉を求める月冴は、野生的な色香を強め――、

「俺の愛に溺れろ」

圧倒的なフェロモンで彩葉を魅惑した。

❖　❖　❖　❖

満開の月下香の匂いが漂う中、発情した男と女の匂いが入り混じる。

濃厚な香りの中で繰り広げられる情交は、いつも以上に激しかった。

彩葉の白い柔肌に目立つ、執着の赤い華。

いつもは証拠を残さずにいた月冴が、自分のものだと堂々と主張しているのだ。

「や、ぁん、ああ……」

ソファに座る月冴に跨がり、彩葉は揺れていた。

淫らな蜜を溢れさせる蜜口からは、そそりたつ月冴の剛直が出入りしている。

想いを繋いでも、前戯なしで挿入に至ったことに罪悪感でもあるのか、彼は抽送をし続けながら、執拗に彩葉の体を唇と舌で愛撫していた。

「ああ、深い……突き刺さってる……」

「好きだよな、奥。絡みついて、うねって……俺を離しやしない」

恍惚とした顔で月冴は笑い、揺れる彩葉の腰から滑らせた手で彼女の尻たぶを強く揉むと、より一層深層をガツガツと穿《うが》つ。

「ああ、そこ、気持ち、いい……」

その肌を妖艶に赤く染め、女の顔で快楽を訴える。

まさに自分のために生まれてきたような、極上な体だ。

今、そこに……自分に向かう彼女の心があると思ったら、昂りはいつにも増して痛いくらいだ。どれだけ、心ごと抱きたかったことだろう。

彩葉は、凶暴化した怒張をまるごと、熱く蕩ける深層に迎え入れてくれた。

彼女が変化しているのがわかる。執着すら見せて、自分を離そうとしない。

油断すると搦めとられるのは自分。

斬るか、斬られるか——そんな真剣勝負をしている気にもなる。

それくらい彼女も真剣に、愛を伝えてくれているのだ。

頭では理解しにくいものを、こんなにも饒舌に。

自分の元で、妖艶に花開く彼女。

今までで一番強い、月下香の匂いが漂っている。

それは、愛ゆえに円熟した香りが高まったのだと信じたかった。

咲かすのも自分であるのなら、散らすのも自分でありたい。

ただ、彼女が散るときは、自分もともに——。

「愛してる。彩葉」

彼女の名前を呼んだ瞬間、剛直をすごく締めつけられた。

暴発しそうになるのをなんとか押し止め、泣きそうな顔でいる彼女に笑いかける。

「……名前、呼んでもらいたかったのか？」

彩葉はこくりと頷いた。

「わたしは……カオリじゃないから」

それが己の名だと告げたのは自分のくせに、嫉妬みたいな可愛いことを言う。

だから月冴は、愛を込めて彼女の名を呼ぶ。

「彩葉」

「……っ」

「彩葉、好きだよ」

またもや締めつけられ、さらに激しい欲情の衝動が込み上げてきた。

心も体も、かなり悦んでいるらしかった。

「わかりやすいな、彩葉は。俺に全部伝えてくれるから」

「そんなこと……」

「彩葉も呼んで。社長ではなく」

「……っ」

「七年前みたいに、月冴って。あんたに、そう呼ばれたい」

「……つか、さ……」

「ん」

「月冴……あああっ」

彩葉が突如嬌声を上げたのは、悦びに満ちた月冴の剛直がさらに大きくなったからだろう。彩葉が仰け反ると、形のいい乳房がぷるんと揺れた。

頂きにある、勃ちあがった赤い蕾が食べ頃だ。

月冴は何度も角度を変えながら、くねらせた舌で蕾を揺らしては唇で摘まみとる。

そして歯で甘噛みすると、彩葉がぶるぶると震えた。

月冴は片手で反対の胸を包み込み、ゆっくりとその柔らかさと感触を楽しむと、指先でくりくりと蕾を捏ねた。

彩葉の体がふるふると震える。

ゆらゆらと揺れていた彼女の腰がとまると、月冴は腰を突き上げて、彩葉を容赦なく高みに持ち上げていく。

「あ、ああ、イ、ク！」

搾り取るかのような一番の締めつけがきた。

呻く月冴は抵抗するのをやめ、そのまま彩葉とともにひとつの高みに駆け上る。

どちらが先なのか、動物めいた咆哮を重ね、月冴は彼女の深層に欲の残滓を吐き出した。

何度吐いても収まりがきかない。

このままなら枯れ果ててしまうかもしれない。

それでもいいと思った。

すべてを繋げたまま、息絶えられるのなら本望。

彩葉が、荒い息をついていた月冴をじっと見つめていた。

「……月冴、好き」

蕩けるような顔でのその言葉は反則で……枯れ果てることなど杞憂かもしれない。

愛に満ちた彩葉は破壊力がありすぎて、愛を教えたことをわずかに後悔してしまう。

芯を取り戻した剛直に、彩葉は少しだけ驚いた顔をしたが、慣れたのか、諦観なのか
……月冴に抱きつくと、嬉しそうに笑った。

❖　❖　❖　❖

寝室の窓から浮かぶ月は、満月だった。

彩葉はそれをぼんやりと眺める。

初めて月冴の寝室に入れてもらえたのが、嬉しい。

彼の匂いがするベッドの上で、こうして彼に抱きつけるのは。

彩葉は月冴と風呂に入ったばかりで、ともに同じ甘い香りを漂わせていた。

夜の静寂の中で腕枕をされ、ひとときの休息に和む。

「彩葉から受け継いだ欲情プラス俺の分、乗り切って落ち着くのに六時間か……」

月冴はため息をついて頭を掻いた。

「俺がじいさんになっても、勃ちまくって、彩葉に盛っている気がする」

彩葉は皺だらけで口をふがふがとしている月冴を想像して笑った。

「おじいさんになっても、わたしをそばに置いてくれるの？」

少しずつ、彩葉の言葉遣いも七年前に戻っている。

……それがわかったのは、月冴だけではあるが。

「もちろん。墓場まで一緒」

「え、あの世はばらばら？」

するとと月冴は笑う。

「あの世でも彩葉とセックス三昧な気がする。なにせ俺の恋人は、いやらしいから」

（恋人……嬉しい）

蒼白い月光の中、彩葉は赤い顔をしながら、月冴に擦り寄った。

月冴はそんな彩葉の頭を撫で、角度を変えた優しいキスを繰り返した。

唇を離しても、青灰色の瞳がきらきらと光って彩葉を捕らえ、また何度もちゅっちゅっと啄むようなキスがなされる。そしてぎゅっと抱き締められた。

「勘弁しろよ。可愛くて困る」

「……っ」

「彩葉が好きでたまらない」

嬉しそうにそして切なそうに言うと、月冴はのそりと上体を起こして斜めから彩葉を見る。青灰色の瞳は熱を孕んでいた。

「好きだよ、彩葉」

月冴の大きな手が、彩葉の頬を撫でる。

「七年前からずっと。いや、それ以上かも。あんたの色々な顔が可愛かった。今まで言いたくて言えなくて……激しい欲情でまた体から入ってしまったけれど、いつだって俺は彩葉が好きだから抱いていたから」

その言葉は誠実さに満ちて、彩葉の心を歓喜に震わせた。

そして月冴は、彩葉の頬にすりと頬ずりしてから言う。

「俺のものだから。誰にもやらない……。もう……離さない。忘れさせない」

悲哀に満ちたその目と、背後の満月が重なる。

その光景に彩葉が強烈な既視感を覚えた瞬間、ちかちかと、彩葉の中でなにかが点滅した。それを合図に景色が揺らぐと、強制的に再生された映像が次から次へと移り変わる。

それらは彩葉の記憶の断片であり、目まぐるしい早さで過去へ巻き戻っていく。

そして——夜の公園を映し出したところで静止した。

花壇に月下香が咲いている。

手には缶ビール。髪には月下香の白い花。

『二十歳の誕生日、おめでとう。……わたし』

ああ、これは——失われた、七年前の記憶だと、彩葉は悟った。

そうだ。ひとりきりの二十歳の誕生日の祝いに、満開になった月下香の一輪を髪に挿して、生まれて初めての缶ビールを飲んでいた。

〝養女〟と記された戸籍謄本が風に飛ばされ、それを拾ってくれたのは——。
——あんたが髪に挿《さ》しているの、妹が好きだった花なんだ。
——俺も今日、二十歳の誕生日で。ひとりは寂しいから……一緒にいてよ。
同じ誕生日に生まれたという彼は、泣き出しそうで。
だからなのか、すごく惹かれてしまった。
そして自然に互いを求め合い、ひとつになった。
——あんたの名前は？
一夜限りの二十歳の記念だからと、好きな花の名前を用いた。
愛されない存在だと思っていた自分を、彼の愛は熱く潤した。
だめだ。愛したら、父のように母のように、またいなくなってしまう。
大切なものを作ったら、あとで傷つき泣くだけだ——。
これは夢で終えようと、金を置いてホテルから出た。
その朝はとても晴れていて、清々しくて。
生まれ変わった気分なのに、涙がこぼれた。
彼のことを思い出すと心が痛むほどに、彼に惹かれていたことを知る。
……好きだったのかもしれない。いや、好きだったのだ。
体を重ねるほどに深く、好きになってしまっていた。
二度と会えない、一夜限りの恋人。

感傷に耽っていると、老人と少年の口論が聞こえてきた。

それに注意を向けてしまっていたから、気づかなかったのだ。

クラクションを鳴らして、迫り来る車の存在を。

死に直面した時、本当に大切なひとを思い浮かべるというけれど、彩葉がその時に思い浮かべたものは、求めていた家族の誰でもなく、一夜の関係で終わった彼だった。

青灰色の目をした――。

「思い出した……。完全に、思い出したよ、月冴」

――俺の名前は、御先月冴。呼び捨てでいいから。

じんわりとしたものが、彩葉の心を満たす。

さらに強く込み上げてくるのは、愛おしさと感動と、罪悪感だ。

「忘れて……ごめん。いなくなって……ごめん」

青灰色の瞳は驚きに見開かれ、掠れた声で問われる。

「本当に？　本当に七年前のこと、思い出したのか？」

「ん、月冴……覚えていてくれて、ありがとう」

すると月冴は泣き出しそうな顔で笑うと、きつく彩葉を抱き締めた。

「それから――わたし、わかったの。忘れた記憶にたくさん詰まっていたから」

「なに？」

不安げな目が向けられる。

「あなたを好きだという気持ち。一夜の夢で終わらせられると思っていた感情が、あなたと別れた朝にも引き摺っていたことを知った。頭で割り切れるものではなかったの。心が、本能が……あなたを好きだと言っていた」

「……っ」

「あなたのことを忘れてしまったから、愛そのものも忘却したのね。わたしにとってあなたは、愛そのものだった」

そう口にした途端、噛みつかれるようなキスをされる。

そのキスは、どちらのものかわからない……涙で少し塩っぱいものだった。

第五章　それは天狐の捕獲につき

『質問　恋人と今まで通りに仕事をするために正しい方法を答えよ
A．１mの距離をとり続ける
B．仕事をしない
C．欲情を上回るほど、恋人への愛だけを考える』

欲情の連鎖を回避する方法として、彩葉はAを選択したが、月冴は断然Cだという。Cを強要し、C以外認めないとまで言い出す。

七年前の記憶を取り戻してから、彩葉は月冴への愛に自信と強度がついた。

そのせいなのか、確かに月冴に触れたり近づいた時に、情事のことよりも愛のことを強く思い出していると、月冴は激しい欲情を覚えないようだ。

とはいえ、仕事に精を出したい性分である彩葉としては、常に脳内、欲情という大嵐にも負けない、強いピンクの花を咲かせ続けることに、抵抗がある。

それでなくとも両想いになった幸せオーラは、傍目からでもわかるほどらしく、特に観察眼の鋭い古参スタッフが、にやにやと見ているのだ。

できるだけA、場合によりCという、譲歩したのかされたのかわからない折衷案をとる中で、月冴は通常通りに仕事をする彩葉に不意打ちのキスをしてきたり、机の下で手を握ってきたりと、とにかく悪戯をしてくる。

「お仕事しましょう、社長！」

「しているじゃないか。彩葉に愛を教えるお仕事」

それにいちいちドキドキして、ときめく自分が情けない。

狗神は言う。

「月冴ちゃんは彩葉ちゃんと両想いになり、さらに昔のことを思い出してもらえて、嬉しくてたまらないようだね。今の月冴ちゃんなら、空でも飛べるよ」

そんな月冴も、身内の前でだけ愛情がダダ漏れするようで、仕事の時はいつも通りだ。

オンオフの切り替えは見事で、それに追いつけないのは彩葉ばかり。

たかが恋愛、されど恋愛——肥やしにするのも滅ぼすのも、自分次第なのかもしれない。

そんな中で、彩葉が実家に向かう日になった。

実家へは、就職時に書類のサインをもらいに行ったきりだから、四年ぶりになる。

見慣れた景色が近づくにつれ、動悸がしてくる。

彩葉は車の中で硬い顔をして窓の外を見ていたが、隣に座る月冴がそっと手を握る。

「ひとりじゃないだろう？」

「……っ」

「俺はあんたの半身だ。俺がいる限り、親に消されることはないから」

彩葉はこくりと頷いた。

古びた一軒家のインターホンを鳴らすと、母親――真智子《まちこ》が出てきた。

一見どこにでもいる、普通の主婦だ。

娘の帰宅に喜ぶ様子はない。むしろ疎ましげだ。

玄関先で月冴を見ると、頭から足の先までじろじろと見つめた。

「初めまして。彩葉さんが転職した会社の社長をしております、御先月冴です。このたびは至急お聞きしたいことがあり、不躾《ぶしつけ》を承知でお訪ねしました」

月冴の美貌とオーラに気圧されたのか、真智子はにこやかになる。

「そうでしたか。彩葉はなにも言わないから。本当に困った子で。中へどうぞ」

彩葉はきちんと説明していた。それを聞いていなかったのをすべて彩葉のせいにして、真智子が作る笑顔は……妹が生まれる前まで、彩葉に向けられていたものだった。

営業用の作り笑いだ。

「美蝶子は……ちょっと出かけていまして。もうすぐ戻ります。ほほほ、美蝶子は本当に良い子でしてね、我が家自慢の箱入り娘なんです。……彩葉。なにぼやぼやしているの。社長さんに玉露を出しなさい。本当に美蝶子と違い、彩葉は気がきかない子で」

――うちのものには触らないで。あんたは赤の他人なんだから。
過去口うるさく、そう言っていたことはなかったことにされているようだ。
そんな中、美蝶子が帰ってきた。
無事でいることにまずはほっとする。
あとは彼女が、誉田とどう関わっているかを聞くだけだ。
（帰りたい……）
「美蝶子、あんたにお客様よ～！」
その声に美蝶子は顔を出した。
母親とそっくりな凡顔で、キャバ嬢の時とは違う。
まるで別人のようだが、それでも直感的に同一人物だと確信した。
揚羽の写真と同じ位置にほくろがある。
しかし頬は痩け、目の周りが窪んでいて、病的なものを感じた。
身に付けているバックや服は、彩葉でもわかる高級ブランドのロゴがついている。
これはキャバ嬢として稼いで買ったのだろうか。
「初めまして、美蝶子さん」
美蝶子は月冴の挨拶の間、ぽーっとした顔をしていた。
彩葉の姿も目に入っていない。
「ようやく彩葉が役に立ってくれたわよ。あんたにお見合い相手を連れてきてくれて」

母親の言葉に、彩葉はぎょっとした。

「え……。わたし、そんなつもりは……」

「だったら今からそう動きなさい。ぼやぼやしないで！　社長さんも美蝶子を気に入り、美蝶子も社長さんを気に入った。お前がすべきことは、縁談を進めることよ」

するとと美蝶子は、母親という援軍を得て高揚した顔で言う。

「あんたにしては上出来よ。ありがとうね」

「違う。そんなことしていないし、したくない！　今日は美蝶子に聞きたいことがあったから、社長と来ただけなの」

「金」

美蝶子が手を出した。

「なによ、その顔。男も金も出さずに、ただで話を聞こうと？　あんた何様？　ねぇ、血の繋がる家族に割り込んだ厄介者の身分で、なに調子に乗って対等でいようとしているわけ？　彼に見栄でもはっているんでしょう？」

それに真智子が同調して高笑いをした。

「本当に彩葉ってどうしようもない子で。社長さん、無視してください。空気が読めない、おかしい子なんですよ。うちの血統とは違うので。彩葉を抜きに進めましょうか」

途端、月冴が声をたてて笑った。

「……失礼。ずっと我慢してきたんですが、どうしても耐えきれなくなって」

「本当に、すみませんね。彩葉は非常識なもので。今追い出しますので」

彩葉が拳に力を込めた時だ。ふたりが見ている前で、月冴はその手を包み込む。

これは特別な関係を匂わせると同時に、ここは任せろという月冴の合図だ。

「……聞きしに勝る毒親だ。さらに妹までもが毒だらけ。こんな愉快な非常識家族に金を毟り取られてきたのか、彩葉は」

月冴の目は冷え切っている。

「こんな扱いを受けていたのなら、真っ先に俺に言ってくれよ。御先の力を使おうかと思っていたのに、その価値すらない」

その貫禄は、社長という立場を超え、支配者の持つもののようだった。

真智子と美蝶子は、青ざめた顔をして固まっている。

自分たちに非はないと思っているから、なぜ責められているのかわからないようだ。

「俺がその妹と結婚？　ふざけんなよ。俺にも選ぶ権利はあるだろう。俺は彩葉を愛している。そんな女、願い下げだ。俺に押しつけるな、反吐《へど》が出る」

「な……！」

母親と妹は、今度は怒りに顔を真っ赤にさせた。

「人の金をあてにするんじゃない。金は湧き出るものじゃないんだよ。簡単に思うな。生活を切り詰めて仕送りをする彩葉の慈愛が当然のものだと、勘違いするな！」

その言葉に食いついたのは真智子だ。

「慈悲とはなによ。娘が親に育ててもらった礼をするのは当然で……」

彩葉はツキンとした痛みを胸に感じる。

ずっと聞かされ続けている、呪いの言葉だ。

「そうやって彩葉を洗脳するな！　だったら実の娘にも同じことをさせろよ。毎月十五万。母親に金を渡せよ」

「ど、どうして私が！」

美蝶子が焦った声を出す。

「この母親の娘として生まれたからだよ。世間一般的には、母親は無償の愛を注ぐのに、この母親は有償の愛を求めている。それに従うのが娘の義務だというんだから」

「ち、違うわ。それは彩葉が、血が繋がらないから……」

「でも母親は、彩葉を娘だからと言う。あんた、彩葉と同列だぞ？　なにひとつ、優位なものなんかあるわけがない」

「わ、私は学生だし……！」

「そ、そうよ、美蝶子は……」

(妹からはお金をもらおうとはしてないんだね。わかってはいたけれど)

「働いているじゃないか。キャバ嬢、揚羽」

それはあまりにも単刀直入で、彩葉も美蝶子も大仰なほどびくんと反応した。

「キャ、キャバ嬢？」

知らなかったのは母親だけ。

「そうさ。あんたの実の娘は、大学を勝手に中退し、キャバ嬢・揚羽を名乗って、優良店どころかいかがわしい店で働いていた。数日前までな」

「どういうこと、美蝶子……大学、行っているのよね？　キャバ嬢ってなに？」

真智子が美蝶子に詰め寄る。

美蝶子は母親にだけ知られたくなかったのか、真っ白な顔色をしている。

「半グレホストに熱をあげ、借金をしてまで貢いだ挙げ句……覚醒剤でも打たれているんだろう？　その外見は一目瞭然」

「えええ!?」

今度は彩葉が声を上げる。

美蝶子は真夏なのに長袖の服を着ていた。そして今、月冴の言葉を受けて慌てて袖を伸ばしている。まるで腕にあるなにかを隠すように。

実家に来る前に鼬川が月冴になにかを話していた。

それは彩葉の妹だと推定して調査をした、結果報告だったのだろう。

「ホストクラブＦＯＸ。……半グレが集まる店だろう？　そこで借金を作ったから、いいようにされている。たとえば……詐欺師の連絡係とか、反社の手先に」

さらに美蝶子は体をびくつかせる。

面白いくらいに、素直な反応だ。

「そして……少しでも借金を返すために母親を頼った。母親は言われるがまま、彩葉からの仕送りをまるごと、妹に渡していた。入金が遅れると、妹が暴れるのか、縁を切ると騒ぐか、誰かが来るのかはわからないが……とにかく実の娘のために、母親は彩葉から金を毟《むし》り取る。娘の義務だと洗脳して。なんていい母子なんだ、涙が出てくる」

彩葉は落胆を隠せない。

（わたしのお金……またもや、怪しい組織に使われていたのか……）

「なあお母さん。血が、血統が、なんだって？　そんなに血が繋がっていることを重んじるのなら、実の娘の堕ちぶりは、どう言い訳するつもりだ？　あんたの血によるものか？」

「わ、私はなにも知らなくて……」

「知らない、ねぇ？　妹がどんな困窮ぶりを言い訳にして金を巻き上げているかは知らないが、毎月十五万もの金を言われるがまま渡し、こんな病的な顔色をしていても、心配する様子も見せない。毎月金を必要としているのに、ブランド品を身に付けていることをおかしいとも思わない。娘の変化はおろか、その動向に気づきもしない節穴の目をして、それで血の繋がる母親だって、どこに威張れる要素がある？」

真智子は絶句していた。

「あんたは母親失格なんだよ。当初、子供になにを望んでいたかは知らないが、実際にあんたがしてきたことは、母親面した女狐《めぎつね》の、ただの家族ごっこだ」

「私は、必死に……」

「必死になんだ？　結果こそがすべてだろう。仮に片親で育児をした苦労を理由にするのなら、立派な子供を育て上げている他のシングルマザーに失礼だ。子供に正常な愛を注げず、あんたは……子育てに失敗をしたんだ」

「違う……違う！　私を出来損ないのように言わないでよ！」

真智子は金切り声を上げると、激しく月冴を睨んだ。

「なによ……、私がなにをしたって言うの。子供が産めなかったら私のせい。不妊治療でお金がかかるのも私が悪いせい。大金はたいてようやく子供が授かっても、跡取りの男を産めなかったと責められ、赤の他人の子より、私が産んだ子供の方が出来が悪ければ、それも私の血が悪い証拠だと言われる。夫もその両親も親戚も、皆が皆私を見下す。私は悪くない！」

それは……今まで彩葉も見たことがない、母の姿だった。

不妊治療はかなり精神的につらいと聞くが、そんな真智子に追い打ちをかけるように、父や祖父母たちが、さらに母を追い詰めていたのだろうか。

自分は劣等ではないことを証明するためには、その血を引く我が子を立派に育てないといけない。少なくとも、比較対象となる〝血の繋がらない姉〟以上にしないといけない。

「彩葉に金をかけなければよかった。見栄を張って私立にいかせなければよかった。そうしたらいい大学に入ることもなかったのに。おかげで美蝶子は、いつも彩葉の影。どんなに頑張っても、彩葉を超えられず、誰にも褒めてもらえない。可哀想な、可愛い……私のひとり娘。だから彩葉から彼女にかけた金を取り戻し、美蝶子に注いでいるの。美蝶子を輝かせてあげたいの。赤の他人の彩葉を育てたんだし、実の娘を愛してどこがいけないの⁉」

　すると月冴が言った。

「あんたの言う〝育てた〟とは、金のことなんだな。まあ、不妊治療に高額な金を使うことで、実の娘が腹に育って生まれたのだから、あながち間違っているわけでもないだろうが。だが取り違えるな。あんたがしているのは、子育てではない。こんなに頑張っているのに周囲から認めてもらえない、可哀想で可愛い自分を庇護すること。ただの自己憐憫だ」

「違うわ！　私は……」

「それともこう言うか。彩葉は生活を切り詰めてまで、あんたへの恩返しだと金を渡している。あんたが彩葉へかけたものが金しかないというのなら、彩葉が感じている愛情はただの幻。あんたはそれを利用して、金を巻き上げているだけのただの詐欺師だ」

「な……」

「そしてその結果どうだ？　詐欺師の実の娘は、道を踏み外して覚醒剤にも手を出した。蛙の子は蛙。あんたの血を引いている証拠だよ。それでもあんたは、自分がしてきた子育ては素晴らしいと、胸を張れるのか？」

　すると真智子は嗚咽《おえつ》を漏らした。

　それは……あまりにも弱々しい母親の姿だった。

思い返せば、電話での真智子は美蝶子の話題にぴりぴりしていた。真智子なりに、美蝶子の様子がおかしいことには気づいていたのかもしれない。どうしていいのかわからなかったのかもしれない。子育てについては一番触れられたくなかったことなのかもしれない。

しかし彩葉は、それには同情できなかった。

向き合うことをしなかった結果が、美蝶子の今の姿だと思ったからだ。

彩葉は月冴の手を握りしめながら、真情を吐露した。

思い出してほしかった。本能的な母性というものを。

「お母さん……わたしね、この家で……皆で仲良く暮らしたかったの。お父さんもお母さんも大好きだったから。わたしに妹ができたとわかった時、すごく嬉しくて。わたしの指を摑んでくれた美蝶子が可愛くて仕方がなくて」

真智子は泣き続けるばかりで、美蝶子は唇を嚙みしめていた。

「どんなに邪険にされても、一緒にいたかったの。お金を支払ってでも、家族の一員だって認めてもらいたかったのよ」

ほろりと涙がこぼれ落ちる。

「ねぇ、お母さん。覚えてない？　小さいわたしに歌ってくれた子守歌」

ねんねこしゃんしゃん　おころりよ

こんこん　てんことねんねこよ
かわいいあこには　かかさまが
きゅうこのしっぽを　ゆりかごに
いぬがめころころ　なくあこに
げっかこうで　ねんねこよ
ねんねこしゃんしゃん　おころりよ

「あの時の優しいお母さんが、忘れられなかったから」

しかし――。

「覚えがない。そんな歌」

そう唾棄《だき》したのは真智子だった。

彩葉の中で、がらがらとなにかが崩れ落ちる。

「覚えていないの？　ねぇ、ちゃんと思い出して」

彩葉は歌い続ける。

母からの愛だと信じ続けてきた一縷の希望。それに縋って。

「知らないわ！」

真智子は苛立ったように叫んだ。

「やめてよ、お前の母親像を押しつけないでよ！」

子育てに失敗した母親は、血の繋がらない彩葉に八つ当たりをしている。

それはわかるけれど、彩葉にとって子守歌を否定されたことで、なにかが変わった。

もう、だめだと思った。

理解し合うことはもうないのだと、ようやく今、悟った。

今までそこに向き合えなかったのは、傷つくのが怖かったからだ。

だけど今、月冴がいる。大丈夫だと力をくれている。

絶とう、この呪いを。

絶つことで、新たに始まるものもあるはずだ。

「母でもないのに、今まで育ててくださってありがとうございました」

彩葉は頭を下げ、そして震える声で言った。

「これより先、わたしは他人に戻ります。感謝のお金は支払いません。娘ではありませんので」

それは……今まで口に出せなかった決別の言葉だった。

「最後にひとつだけ」

一度深呼吸をしてから、彩葉は叫んだ。

「――わたしは、あなたの玩具じゃない！」

込み上げる怒りに涙しながら。

「気分次第で捨てるのなら、いっそ拾わないでほしかった」

しかし真智子は、冷淡な面持ちのままで言う。

「お前の母親だって、お前を捨てたじゃないか！」

自分だけを責めるなと、声高らかに。

そこには反省も後悔もなにひとつなかった。

今まで自分は、なにを拠り所にして感謝のお金を渡していたのだろうか。

よくわからなくなった。

「だから……愛が欲しかった。血なんて関係なく、愛されたかった。どんなにわたしが、愛に飢えていたか……あなたは気づこうともしなかった」

他人より遠い、虚像《はは》へのメッセージ。

告げている間も、涙がとまらない。

「わたしはもう、あなたの家族ではないけれど、お願いだから、美蝶子は救ってあげて。これからはちゃんと目をかけてあげてください」

返事はなかった。

そして彩葉は美蝶子の横に立つと、パァァンとその頬を叩く。

「甘ったれるな！　そして……戦いなさい。もがきなさい。二十歳なら、なにがいいことか、なにが悪いことか、それくらいの分別はつくはずよ」

美蝶子は唇を戦慄かせた。

「立ち直って。反社なんか、覚醒剤なんか、抜け出しなさい。どうしても助けがいる時には……相談に乗ってあげるから。ただし、家族料金なんて適用されないから」

彩葉は自分の名刺を手渡した。

『チューベローズ　社長補佐　九尾彩葉』

初めて名刺を渡したのが、妹だということは複雑だったけれど。

いつも高飛車だった美蝶子は、震える手で名刺を受け取ると、こくりと頷いたまま顔を上げることはなかった。

❖　❖　❖　❖

娘としてもう足を踏み入れることがない元実家を背にして、彩葉は子供のように泣きじゃくった。

二十年分溜めてきた涙を放出したように思う。

会社についても涙がとまらず、月冴の配慮で早退した。

声をあげて泣きじゃくる彩葉を抱き締め、月冴はずっと励ましていた。

眠らない子供をあやす親のように。

「俺が……あんたの家族になるから」

月冴は耳元で囁いた。

「あんたはひとりじゃない。俺がいる」

まるでプロポーズみたいな言葉に酔いしれ、気づくと眠ってしまっていたらしい。

目が覚めると、窓には丸い月が見えていた。

ここは月冴の部屋のようだ。

隣には月冴が寄り添い、ベッドに片肘をつきながら、ずっと彩葉の頭を撫でてくれていたらしい。

蒼白い月の光に照らされて、端正な顔は神秘的な美しさを強めた。

「なぁ、抱いてもいい？」

「え……」

「今夜は、あんたの心ごと、優しく包みたい気分」

切なげな青灰色の瞳に魅入られ、彩葉は頷きながら月冴に抱きついた。

やがて静謐な寝室で、ゆっくりとした水音が響く。

ちゅく、ちゅく。

時折漏れるのは甘い吐息。

月冴の突き出た舌が、彩葉の唇の間を左右に舐《な》めた。それを合図に唇を開くと、熱い舌がねっとりと動き、彩葉の舌の根元まで絡みつく。

「ん……」

甘い声が大きく洩れると、月冴は優しく彩葉の頭を撫で、彩葉の官能を引き出していく。

どこまでも甘いキス。唇が離れても、名残惜しくて仕方がない。

それは月冴も同じらしく、その眼差しは蜜をまぶしたように蕩けている。

離れても吸い寄せられ、何度も唇を重ねた。

やがて月冴の唇は彩葉の耳に移動し、耳殻を甘噛みされる。

耳の穴に差し込まれた舌に、ぞくりと身震いして喘いでいると、キャミソールの下に潜った彼の手が、彩葉の肌を這っていた。

「彩葉、服……捲《まく》ってみせて」

艶然とした眼差しに魅入られながら、彩葉はキャミソールを両手で持ち上げる。

ピンク色のレースのついたブラを見て、可愛いと呟く月冴は、その谷間に顔を埋め舌をちろちろと揺らした。

「あ……」

背を反らした時、パチリと音がして下着が外れた。

月冴の目の前に、ふるふると震える胸が露わになる。

月冴は両手で胸を揉み込んだ。

「は、ぁあ……」

もどかしい刺激を追うように、ゆっくりと彩葉の体がしなる。

「ああ、彩葉の体……すごく綺麗だ」

胸を強く揉んで、両手で中央に寄せると、硬くしこる胸の頂きを唇に含み、音をたてて吸い立てた。

「ひゃあああ」

ちくりとするような刺激とともに、心地よい快感に酔いしれそうになる。

左から右へ、右から左へ。両方の胸の先端を食まれ、彩葉は悶えた。

「あんたが感じてるの……伝わってくる」

まるで月冴の方が愛撫されているみたいに、呼吸が乱れている。

それも愛おしくて、彩葉は月冴の頭を抱き締め、嬌声を上げた。

月冴の唇はそのまま下に滑り落ち、彩葉の両足がぐっと押し開かれた。

「や、それ、だめ……っ、汚い……」

なにをしようとしているのかを察した彩葉が、か細い声で抵抗するが月冴はやめない。

「今まで……繋げることばかりで、ごめんな。早く……愛してやればよかった」

「だめ、だめったら！」

秘処を隠そうとする彩葉の手を逆に指を絡めて握った月冴は、そのまま顔を埋めていく。

敏感になっている部分に熱い息が吹きかけられ、身震いしたその間に、月冴の熱い唇が吸いついた。それはじんわりとした熱を持ち、秘処をさらに潤した。

やがて月冴の舌が動き、蜜で濡れた花園を掻き回していく。

「あ、ん、あんっ、月冴、だめ、だめっ！」

リズミカルな舌の動きに、彩葉の腰も応じて揺れる。

いやらしい水音が響く中で、月冴がじゅるるると音をたてて吸いつく。

食べられている――。

彩葉は倒錯的な快感に身悶えた。

「蜜が溢れてる。……ああこれは、全部、俺のものだ……」

舌で蜜をかき寄せてはそれを啜る。

その顔はうっとりとしていて、本当に美味しいものを口にしているかのようで、彩葉の感度はさらに上がってしまう。

「イク、イッちゃう！」

大きく股を開いて足を揺らし、秘めたる場所を愛する男に舐めさせる自分が浅ましい。

しかし、這いつくばって動物的な奉仕をする彼が愛おしくてたまらない。

「月冴、月冴、あああああっ」

秘処が月冴の舌で溶けてしまったかのようで、水音は大きくなる一方だ。

やがて彼の舌は、慎ましやかに眠る前方の秘粒を揺らし、ひくつく蜜口からは彼の長い指が差し込まれた。ぴりぴりとした鋭い刺激とともに、異物が体内に蠢《うごめ》き、呼吸が引き攣ってくる。

「や、ああっ、あぁん」

ぞくぞくとした快感がとまらない。彼に愛されていると思うだけで昂りがとまらない。

指はいつのまにか二本、三本と増え、激しさを増している。

「月冴、月冴……キス、キスしたい……」

切羽詰まると彼の唇が欲しくなる。

するとと月冴は笑いながら体を伸ばし、薄く開いた彩葉の唇から舌を差し込んで、卑猥に舌を絡ませた。ぐじゅ、ぐじゅと彼の手淫は激しさを増して続けられ、やがて絶頂を迎えて体が反り返った瞬間、横臥の姿勢からずぶりと……月冴の剛直が入ってくる。

「イッている……時に……」

指と彼の剛直では感触が違う。中を裏返すような獰猛さで擦り揚げられると、我を忘れるくらい快感に全身が総毛立つのだ。

「感じすぎてる……彩葉が悪い」

剛直の膨張度からすれば、かなり我慢していたのだろう。

苦しいくらいの質量があるそれで力強く擦られると、数回の摩擦だけで、あえなく達してしまいそうになる。

月冴は横臥から体勢を変えつつ、正常位の体位にした。

彩葉の頭を両手で抱き締め、深く口づけ合いながら、的確に深層を突いてくる。

月冴の匂い。月冴の熱。

愛する存在に包まれながら、高みに駆け上る気分は、どこまでも至福だった。

「ああ、彩葉。彩葉……っ」

焦がれたように名を呼ぶ月冴が愛おしい。

噎せ返りそうなほどの男の色香を撒き散らし、感じている姿を隠すことなく晒す。

月冴を見ているだけで欲情がとまらない彩葉に、それを感じ取って欲情に火をつける月冴の交わりは、次第に獰猛さを増していく。

「ああ、彩葉を……孕《はら》ませたい」

月冴はそう叫びながら苦悶の顔を見せる。

「この奥に、俺を……俺のすべてを注ぎたい！」

それは本能なのだろう。だから彩葉もわかるのだ。

「わたしも……欲しい！」

彩葉の両足が月冴の腰に巻きついた。

すべてを絞りとりたいというように。

「彩葉、彩葉……！」

彼が感じれば感じるほど、悶えてしまう。

快感も……連鎖する。

ひとりではない。いつだってふたりだ。

ずっとずっと、ふたりは……ひとつなのだ。

快楽のうねりが勢いを増し、彩葉の体を壊していく。

「ああ、ああ、そこ。そこ——！」

月冴にとどめを刺されて彩葉が体を弾かせた瞬間、月冴も迸らせる。

熱い滾りを。

その感触を感じた彩葉は、満たされた気分になり、うっとりとする。

それはどこまでも妖艶で、月冴を滾らせるものだ。

「ああ、月冴。好き……」

伝えずにはいられない、この衝動。

それは欲情とよく似て非なるものなのかもしれない。

「俺も、愛してる」

幸せだ。身も心も幸せだ。

月冴がいる限り、自分は幸せになれる——。

恍惚感に酔いしれながら、彩葉が体勢を変えた時だ。

「え……？」

彩葉の背を見た月冴が驚いた声を出したのは。

「なに？」

彩葉は月冴に俯《うつぶ》せにされた。

サイドテーブルのランプの光がついた。

「どうしたの？」

「彩葉……あんたなのか？」

意味がわからず月冴を見ると、彼は強張った顔をしている。

「背中に……羽根の痣、あんたが……そうなのか？」

「羽根の痣？　そんなもの、知らないけど」

すると月冴が彩葉を抱き上げ、洗面台に連れていく。

三面鏡で見た背中には、片翼のようなものが浮かび上がっていた。

「初めて見たわ……」

月冴は険しい顔をしていた。

そして呟く。

「なあ、もう一度……子守歌、歌ってくれないか？　実家で歌っていた」

「いいけど……」

ねんねこしゃんしゃん　おころりよ
こんこん　てんことねんねこよ
かわいいあこには　かかさまが
きゅうこのしっぽを　ゆりかごに
いぬがめころころ　なくあこに
げっかこうで　ねんねこよ
ねんねこしゃんしゃん　おころりよ

「天狐……！　もしかするとその子守歌を歌っていたのは、あんたの実親かもしれない」

「え……」

「あんたを……兄嫁になんてさせるものか」

月冴はぎゅっと力強く抱きしめてきた。

その呟きはどこまでも仄暗く、どこまでも決意に満ちているものだった。

❖　❖　❖　❖

父親の遺言状の効力の期限は、今月末。

即ち、あと三日の……彩葉と月冴の誕生日だ。

それが過ぎれば、天狐候補たる彩葉が見つかったとしても無効。

「三日なら、隠し通せるか」

「なにが？」

狗神が牛乳を飲みながら立っている。

彼は本当に聴覚に優れていて、犬のようだ。

「親父の遺言にあった、天狐の子孫……彩葉かもしれない。痣があった」

すると狗神は驚いて目をぱちくりとさせた。

「僕……牛乳、鼻から噴き出しそう」

「それはやめてくれ」

「でも……今まで見てきただろう、彩葉ちゃんの体」

率直だが、なんともいやらしい。

「しげしげと背中を見たことがなかったんだ。しかも服を着ていたり、夜だったりが多くて」

「つまり、明るいところで、全裸の後背位《バック》はなかったと？」

狗神は真面目な顔で問い、月冴は居たたまれない心地になりながら頷いた。

「昨日、痣を発見できたのも偶然みたいなもので……。彼女も痣があること自体知らなかったようだ。驚いていた」

「本人も知らない痣か……。どんなものなの？」

「タトゥみたいなくっきりとしたものではない。浮かび上がる感じで」

月冴は昨夜、スマホで撮った写真を見せる。

「……月冴ちゃん、彩葉ちゃんとのあれこれを、写真とか動画に残してコレクションしているの？」

「してないから。これは特別」

月冴は彩葉の体の輪郭を見せないように、拡大する。

「へぇ……。なんだか神秘的なものだ。聖痕……っていうのかな」

「ああ。こういう痣だとは思わなかった」

「でもかなり明瞭じゃないか？　浮かび上がったにしては。特殊技術でメイクしているかのようだ」

　狗神は感嘆のため息をつく。

「考えてみれば、月冴ちゃん……最初から彩葉ちゃんを特別視していたし、姿がどうであれ惹きつけられて、妙な距離をとるほど欲情して」

「あの見境ない欲情は、彩葉からの伝染だ」

「そういう欲情をさせているのは月冴ちゃんなんだから、一蓮托生」

　ずばりと指摘され、月冴は気まずくなって頭を掻く。

「月冴ちゃんと彩葉ちゃんの関係は特殊で、見えないなにかで繋がっているような……そんな気はしていたんだよ」

　狗神が言いたいことはわかる。月冴も言葉では説明しきれない、なにか不思議な縁を感じる。でも、だからこそ――。

「焦がれるこの想いは、血がどうのとかは関係なく、俺自身のものだ。特殊な土台があったとしても、関係ない」

　この想いはそれによる副産物だと片づけられたくない。

　彩葉は、月冴の意志で選んだ女だ。

「……彩葉がアタリかはわからない。執事長が持っている、正解の痣の模様というものは俺も知らないからな。それでも……予感がする。彩葉はアタリだと。俺の血が騒ぐんだ。それに彩葉は……母親が歌っていたという、子守歌に拘《こだわ》っていた」

ねんねこしゃんしゃん　おころりよ
こんこん　てんことねんねこよ
かわいいあこには　かかさまが
きゅうこのしっぽを　ゆりかごに
いぬがめころころ　なくあこに
げっかこうで　ねんねこよ
ねんねこしゃんしゃん　おころりよ

「その中には天狐、九尾の尻尾、月下香……妙に符合するワードがある」

「彩葉ちゃんって、養女だったんだよね？」

「ああ。実際、誰がそれを歌っていたのかはわからない。しかし子守歌で彩葉を安心させられる存在は、実の母親だろうと思う。どんな事情で手放したのかはわからないが、直感として……生きていない気がするんだ。俺ですら子守歌を聞いた覚えもない。彩葉は母親から、愛情を注がれていた気がする」

彩葉の実母と思われるその女もまた、母から子守歌を聞かされて育ったのだろう。

母の愛が、歌の記憶として受け継がれていたように、月冴には思えるのだ。

「だからこそ、彩葉を御先に近づけたくない。あんな……非道な御先の餌食にはしたくない。俺は……隠し通す」

予定通りフェードアウトで終わってほしい――月冴は天井を振り仰ぐ。

「長兄からの催促は？　前はよく電話がかかってきたり、うちにきたり、自分の存在をアピールして急かしていたけれど」

「それが……まったく音沙汰ない。期限は誕生日。あと三日だというのに、おとなしすぎて気にはなっていたんだ。候補を見つけたのなら見つけたで、連絡はくるだろう。俺とはいがみ合っているわけではないし、あの兄貴のこと、根回しだけはしてくるだろうから」

「だったら、連絡がないということは諦めモード？」

「とも思えない。野心が強い兄貴のこと、手は打っているはずだ」

月冴を排除して独自に動いているのだろうか。

（いやな予感が胸に渦巻く。これは……なんだ？）

三年前、長男の颯生は、チューベローズ拡大の際の資金を援助してくれた。

もうそれは返したが、その援助をあえて受けることによりチューベローズはＭＩＳＡＫＩ系列の看板を得て、新規参入のくせに業界に名を馳せた。

チューベローズの前身は小さな会社だった。颯生は、月冴がひと晩だけ情を交わした女と、妹を追い詰めた詐欺師の黒幕を捜すために設立した会社だとは思っていないはずだ。

月冴の趣味が高じたもので、兄の調査機関になることを期待して支援したのだろう。

妹を食い物にした詐欺師には、黒幕がいる。あんな三流詐欺師が、金持ちの客を集めたパーティーなど主催できるわけがない。しかしあの詐欺師は、自分の背後に誰かがいることは知っていたらしいが、それが誰であるのかは本当に知らなかったようだ。

詐欺師に行き着くためには、その問題を多く取り扱う会社を作り、調べていけばいい。

そう思って会社を設立したが、詐欺にも色々な組織があり、どれが妹を殺した詐欺師に結びつくのかはわからない。もしかすると、誉田の所属するＦＯＸの可能性だってある。

（だがＭＩＳＡＫＩが絡んでいるのなら、ＦＯＸは除外すべきなのかもしれんな）

今はそんなことよりも、天狐騒動を無事に終えることを考えるべきだ。

そう思っていたのに――その日の午後、月冴に来客があった。

チューベローズに訪ねてきたのは、次男の檽だ。

穏やかそうな顔をしていながら、狡猾さは長男の颯生に引けを取らない。

見た目で騙されてはいけない、生来の詐欺師みたいな男だ。

「なんの御用ですか、兄さん。仕事を持ち込んでくださったのなら嬉しいですが」

檽の訪問は初めてだ。この時期を考えれば、意味があってのことなのだろう。

それに気づかぬふりをして、あえて飄々と尋ねてみれば、檽は意味深な笑いを見せる。

「わかっているくせに。父さんの遺言の件、進捗はどう？」

そんなこと、電話で聞けばすぐ済んだのに、わざわざ来訪したということは簡単に終わらせるつもりはないのだろう。

「あるのなら、今頃、五十嵐の招集がかかり、一族の前でお披露目だ。むしろ天狐の子孫など存在しないと、俺はこの三年間で思い知ったけれど。兄さんはどう？」

「そうだな。いないのなら、作るしかないかなって」

にやりと、薄気味悪い笑みを見せてくる。

「作る？　人為的に作ったところで、五十嵐の手元にある痣の形状と同じでなければ、認められない。……まさか、五十嵐を？」

五十嵐の家系は代々執事長を務めている。

当主の命令には忠実で実直。逆にいえばそれ以外のものは排他的である。

五十嵐は父からの命令で、月冴を始めとした三兄弟の教育係でもあった。

だから天狐という、不気味な存在も幼い頃より彼から聞いていた。

天狐とは千年生き続けている狐のことであり、九尾の狐とも言う。

御先家は、九尾の狐により繁栄を極めた。しかし子もなした仲である初代当主が、恩ある天狐を捨て、花の……月下香の魔力を使い、天狐を呪い殺した。しかし天狐の怨念は生き続け、そのため当主になった御先家の男は、数年で悲惨な最期を迎えるという。

御先家の血は呪われているのだと、五十嵐は言った。

小さい頃は、呪いと聞いただけで恐ろしくなり、天狐という得体の知れないものに常時見張られているような心地がして落ち着かなかった。粗相をするものなら、五十嵐がよく『天狐に呪い殺されますぞ』と脅してくるため、礼儀作法など真剣に学んでいた。

だが成長して物事を知ると、呪いというもの自体が、荒唐無稽だということを悟った。

天狐の呪いの話は、五十嵐が作った教育の一環だと思っていたのだ。

添い遂げられなかった天狐の恨み。それはチューベローズに持ち込まれる依頼にも似ている。尽くしても報われず、他の女の元へ走る想い人。挙げ句の果てには、用済みだからと殺してしまうという鬼畜ぶり。

それが本当なら、御先家はとんでもない男の血を引いている。

そして生き残ったのであろう天狐の子孫も、その血が流れている。

共鳴しあう部分があるのだとすれば、そこなのかもしれない。

人にはあらず――そんな部分が。

「僕は五十嵐と仲がいいからね。どうとでもできる。だからさ、無駄なことをしているようなら、諦めた方がいいと忠告にきたんだ」

「無駄なこと？」

「天狐の子孫もどきを見つけること」

櫂の中でも、天狐は実在しないものなのだろう。

「いないのだから、そんなもの、見つけられるわけないだろうが」

「だよね。だけど颯生兄さんは、違うみたいでさ。なんだか裏世界連中《アングラ》を使って色々しているみたいだよ」

月冴の中でなにかが音をたてる。

半グレ集団ＦＯＸ。バックについているのは颯生なのだろうか。

しかし結婚詐欺と天狐探しは結びつかない。

「颯生兄さんの味方をしたところで、僕が当主になるんだから無意味だよ。それなら僕についた方がいい。そうしたら、この会社の継続を認めてやるよ」

チューベローズ設立の際には、一切櫺には相談しなかった。

チューベローズは、月冴が颯生と組んでいるという証でもある。

だからこそ、櫺にとっては忌々しいのだろう。

「俺は中立でいますよ。次代御先は、欲しいひとが手に入れればいい。俺は欲しくない。仮に手に入ったとしても返上しますんで、ご心配なく」

「だよね。よかったよ、お前の気持ちを聞けて」

そして櫺は席を立つ。

櫺は釘を刺しに来たのだ。

おかしな真似をするなと。手出しをするようならば、この会社を潰すと。

この次男は、それだけの力を蓄えているのだ。

そして――。

「あ、そうそう。可愛い弟にひとつ、いいことを教えてやる」

これこそが来訪の目的だったとでも言うかのように、満面の笑みをたたえて。

「この会社に颯生兄さんのスパイがいるから。隠し事は筒抜けだよ？」

❖　❖　❖　❖

月冴の来客より少し前、彩葉は狸塚と飯綱が雑談しているところに通りかかった。

ふたりは、彩葉の体調を慮《おもんぱか》った。

「昨日はみっともないところを晒してしまい、申し訳ありませんでした。おかげさまで今日は気分爽快です」

頭を下げて謝罪をすれば「お疲れ様でした」とふたりは声を揃えた。

彼女たちは詳細をなにも尋ねない。

実家へ行き、大泣きして戻ってきた――それだけでなにがあったのかは大まかにでも想像がつくはずだ。興味本位で彩葉のナイーブな問題には踏み込まず、ただ優しい目で彩葉の立ち直りを信じてくれている……そんな気がした。

（いいひとたちだよな、本当に）

「そうだ、おふたりにお聞きしたいんですが、痣って突然浮かび上がったりします？」

「痣？」

狸塚と飯綱は顔を見合わせた。

「もしかして九尾さん、背中に痣があるの？」

「それ、社長に話しました？」

なんだろう。ふたりは妙に真顔で迫ってくる。

「し、知ってますが……」

思わず怯《ひる》んでしまうと、飯綱が少し考えて言った。

「浮かび上がるって言いましたよね。スティグマ？」

「なんですか、プウの名前みたいなクマ……」

「聖痕《スティグマ》です。キリスト教系でよく言われる、奇跡の顕現です。キリストの受難に沿った傷痕ができるみたいですが……。九尾さん何者ですか」

「ただのヒラ社員ですが……」

狸塚が硬い顔をして尋ねる。

「それ、いつから？　今もできているの？」

「できたのは昨日で、今もあります。別にひりひりするとか、異常はないんですけれど、気持ち悪くて。なんで突然そんなものが。温泉に行けないですよ、このままでは」

「九尾さんのラブを欠如させていた問題が解決したからかしら」

飯綱は首を傾げる。彩葉はため息交じりに呟く。

「やっぱり、普通ではありえませんよね。これはなんだろう。皮膚科にいってお薬もらったら治るかしら」

そんな時に鼬川もやってくる。

「おお、いたいた。嬢ちゃん、電話入っているらしいぞ」

「わたしにですか？」

「ああ。名前を名乗らないらしい。相談スタッフが席を外している旨を伝えたら、待っているって、電話を保留中だ」

「なにかしら。ちょっといってきます」

彩葉はパタパタと駆けていった。

「鼬川さん。彼女……社長が探していた、〝背に痣のある女〟みたいですよ」

……そんな会話がかわされていたことを知らずに。


「お電話代わりました。九尾です」

しかし受話器から応答がない。電話は切れていないはずだ。

「もしもし?」

すると、泣いているみたいな震える声がした。

『お姉ちゃん……』

それは元妹で、まだ彼女が自分に懐いていた頃の呼びかけをした。

『今までごめん……』

なにがあったのだろう。昨日の今日で、こんなに変化することはありえない。

大体、彼女が泣くなんてありえない。

『……けて』

「え?」

『助けて』

美蝶子は泣いている。

『もういやなの。ここから抜け出したいの。前のところは違法店で、摘発されるという情報が流れたから辞めさせられて。それで次はここに。もうやだ……』

どんなに彼女からひどい仕打ちを受けても。どんなに縁を切っても。

自業自得だと突き放すことはできない。

プライドの高い彼女が、頼ってきたのだ。

お姉ちゃん、と。

この子は……自分の指をきゅっと握って笑ってくれた、あの赤子の美蝶子なのだ。

助けてと言われて、拒むことなんてできない。

「……今、どこにいるの？」

『言えない……』

「言いなさい。どこ？　お姉ちゃんが迎えにいってあげるから」

すると、美蝶子が言った。

『新宿の……搾乳牧場』

（牧場にいるの⁉）

新宿に、牧場があったなど初耳である。とりあえず住所を聞く。

逃げたいと思う気持ちを無視すれば、きっとそのまま閉じ込められる。

アンダーグラウンドの世界に。

(なんとかひっぱりださないと)

電話を切った彩葉は月冴を探したが、彼は接客中らしい。

そんな時、鼬川がぬっと現れる。彼は本当に気配がしなくて驚く。

「電話、なんだって?」

気にしてくれていたらしい。

「妹だったんです。新宿の牧場にいるらしくて」

「牧場? 新宿に? 住所を見せてくれ」

彼は彩葉が書き取ったメモを見ると少し考え込み、そして言う。

「それは『おっパブ』だな。しかも本番アリの違法店」

「おっパブ?」

「嬢ちゃん、そこは後で自分で調べてくれ。簡単にいえば……牧場というより、男の楽園みたいなところだ」

「はぁ……」

「まさか嬢ちゃん、そこに行こうとしていないよな?」

「行こうと思うんです。あの子が改心するチャンスだと思うので。わたしをお姉ちゃんと言って頼ってくれたから。最初で最後の救いの手を差し伸べてあげたい」

鼬川は目を細めた。

「……嬢ちゃん。俺も連れていけ。それは……罠かもしれない」

「でも、妹の様子は……」

「嬢ちゃんはお人好しだからな。こういうのは、長年鍛えた勘を信じた方がいい」

鼬川は笑った。しかしその目は険しいものだった。

第六章　それは愛のケダモノにつき

カラン、カラン、カラン。
カウベルが鳴り響く『搾乳牧場《まきば》』。
そこには童謡『ゆかいな牧場』が、子供の声で流れている。
　いちろうさんの　牧場で　イーアイ　イーアイ　オー
　おや　ないてるのは　ひよこ　イーアイ　イーアイ　オー
広い部屋の中、長いソファに男が座り、その膝の上には丸裸になった女たちが跨がり、首にカウベルをつけている。
　チッチッチッ　ほら　チッチッチッ
　あっちもこっち　どこでもチッチッ
彩葉に背中を見せて揺れる女たち。
淫靡《いんび》な光景なのに、流れる曲が長閑《のどか》すぎて滑稽に思える。
(なにこれ……)
入り口にいるガードマンの相手を鼬川に任せ、やってきたというのに。

戦意喪失してしまいそうになるのは、どの要素が一番なのか。

クワックワックワッ　ほら　クワックワックワッ

あっちもこっちも　どこでもクワックワッ

このメスウシの中のどれかが、美蝶子なのだろう。

よく見ると、背を丸くして震えている女がいる。

（いた。美蝶子だ）

真ん中に座りサングラスをしている男が、彩葉を見てひゅうと口笛を吹いた。

兄貴分なのか、服装からして偉そうだ。

（この男……！）

彩葉の目がきらりと光ったが、それに気づかない男は下卑た笑いを見せた。

「美蝶子。俺たちＦＯＸから逃れるための嘘かと思ったけど、本当にこんなに美人な姉ちゃんいたんだな。……姉ちゃんをきちんとおびき出してくれたから、お前の提案を飲み、お前は解放してやる。これからは姉ちゃんを使うぞ。色々とな」

唐突に、彩葉の頭の中に文字が浮かび上がった。

『質問　男の言葉から推察される、元妹の呼び出しの真相として正しいものを答えよ

Ａ．姉妹でメスウシになって、牧場で楽しくすごしたかった

B. 姉を売って、自分は牧場から逃げたかった
C. 皆でゆかいな牧場を歌いたかった』

彩葉から、怒りに震えた声が漏れ出た。

「まさか、美蝶子……自分が助かりたいからって、わたしを売ったの⁉」

美蝶子は彩葉の剣幕にびくんと体を震わせ、返答を拒むことで肯定した。

「そういうこと。姉ちゃんをひんむけ」

そんな号令とともに、背後に立っていた男が彩葉の捕獲に乗り出す。

しかし彩葉は、伸ばされた手をぱーんと払うと、男を床にねじ伏せた。

それに驚いた別の男たちの反撃をひらひらと躱《かわ》すと、彩葉は両手を伸ばした。そのまま舞っているかのように腕と体を動かすと、男たちが次々に床に叩きつけられ呻く。

彩葉のリズムは崩れることはない。どんな攻撃をも凌《しの》ぎ、あっという間に男たちは山になる。

「な、なんだ、お前……」

男たちが騒いでいる。女たちが悲鳴をあげる。

場は混沌としているのに、かかっている曲はのんびりとしている。

モーモーモー　ほら　モーモーモー
あっちもこっちも　どこでもモーモー

彩葉がブチギレた。

「モーモーモーモー、うっさいわ！」

そして彩葉は、サングラス男に怒鳴った。

「──わたしの金を奪った挙げ句、妹にまで手を出していたのか、プウ！」

するとサングラス男は飛び上がる。あまりに驚いたらしく、サングラスがずり落ちた。

その顔は……誉田である。

「なんで、俺の名前……！」

……彩葉はすぐに悟ったのだ。愛情がなくとも結婚をしようとしていた相手だ。

そのフォルム、その声、すぐにわかったというのに。

誉田……いや、プウは、眼鏡を外した彩葉に、初めて会ったような顔をした。

それが彩葉の怒りを爆発させたのだ。

「女はあんたの餌じゃない。はき違えないでよ、プウ！　ここでは随分と偉そうだけれど、プウは組織の末端。牧場の草なのよ　世間で言うところのｗｗｗ《ワラワラワラ》、笑い草よ」

「だ、誰なんだ、お前は！」

いまだ彩葉だと気づかないとは情けない。こんな腐った目をしている男を師匠と呼んでいた自分の愚かさがほとほといやになる。

「九尾彩葉よ、誉田さん。重度なヤンデレで怨霊の。たくさんいるあなたの結婚相手のひとり。金持ちおじいさんの話し相手ができなくて、ごめんなさいね」

「——っ！」

一応は思い出してくれたようだが、驚愕のあまりに声が出ないらしい。

「結婚詐欺がお上手だから、随分と出世されたんですね。そういえば、安藤弘美さんに赤ちゃんができたとか。おめでとうございます。クローゼットの中にある箱……詐欺ファイルが並んだ棚の上にある、あの箱一杯の避妊具、わたしとは違う意味で、彼女にも使われなかったんですね。でもだめですよ、これからパパになるひとが、ご自宅に別の女性を連れ込んでは。ママや赤ちゃんとの別れが悲しくても、お掃除はしましょうね」

「な、な、な……なんでそんなこと……」

「なんででしょう。教えてほしいですか？」

媚びるように妖艶に笑いかける。プウがでれっと鼻の下を伸ばした瞬間、彩葉はその盛り上がった股間を蹴り上げた。クリーンヒットだ。動くこともできないらしい。

「ゲス男め！　あんたに騙された女たちの恨み、思い知れ！」

そして叫ぶ。

「帰るよ、美蝶子！」

返事がない。

「美蝶子⁉」

恐怖に震えている。そして彼女は……土下座をした。

しかしそれは彩葉へのものではなかった。

美蝶子だけではない。男も女も、彩葉以外皆が正座をして頭を下げ始めた。

（なに……？）

それは――彩葉の背後からやってくる男に対してだった。

眼鏡をかけ、高級スーツを着た理知的なイケメンだ。

ヤクザともなにか違う、殺伐としたものをもっている。

（あれ、この男……）

いつだったか、チューベローズの前で、彩葉にハズレだと告げた、失礼な男だ。

彼は、なににガタガタ震えているかわからないプウの元に行くと、低い声を出す。

「……女ひとりに簡単にここを潰されやがって。しかも……証拠を残しているとはな」

「あ、あの女には、お、怨霊が憑いているんです、だから……」

「ふざけるな！」

男の膝がプウの顔面を直撃したらしい。プウは鼻血を吹いて倒れた。

「この男は廃棄だ」

するとどこからか、厳めしい顔をしたスーツ姿の男がプウを抱えるようにして出ていった。プウがどうなるのかはわからない。助けてやりたいとは思わなかった。

そして男は美蝶子に声をかけた。

「美蝶子、ご苦労だった。プウは俺の命令があったということすら、予想だにしていない。稼いでくるから多めに見ていたが、ようやく切る理由を作れた」

（プウ……哀れなり）

男の声に、美蝶子は泣きながら顔を上げた。

「言う通りにしました。ここで話し合いをするだけですよね。お姉ちゃんに手出しはしないですよね？　呼び出せば私は、これからはＦＯＸとは無関係に生活できるんですよね？」

どうも美蝶子はプウではなく……この男に命令されて彩葉を呼び出したらしい。

美蝶子は手を摺り合わせながら床を擦り歩き、男の足元に近寄る。

「サツキ様。ＦＯＸの名は口外しません。お金も……母から借りて一括して返したじゃないですか。借金もありません。どうか、どうか……」

すると男は冷たく笑うと片足を上げ、美蝶子の頭を踏み潰した。

「誰が顔をあげていいと？」

非道すぎる。

彩葉が美蝶子を助けるため、合気道で男をねじ伏せようとした時だ。

「嬢ちゃんやめろ」

声をあげたのは、男たちに後手をとられた鼬川だった。

その顔は腫れ上がり、唇からは血が出ている。

（鼬川さんは強いのに、なんで……）

「この男は分が悪い。刃向かうな」

「鼬川さん⁉」

眼鏡をかけた男がにたりと笑って彩葉に言った。

「ハズレだと思っていたお前が、例の女だったのか。その男やこのゴミ女の命が惜しければ、ここで……上半身、裸になれ」

「な、なんでですか⁉」

品定めをしようというのだろうか。

「サツキ様、お姉ちゃんには手を出さないと……きゃああああ」

さらに強く踏みつけられたのだ。

「美蝶子から足を離してよ！」

「それはお前の返答次第。上半身裸になるか。それとも……この場でひとりずつ、そうだな、一本ずつ指でも折っていくか」

彩葉はぶるっと震えた。冗談ではない響きを感じ取ったからだ。

「脱ぎます」

止めようとする叫び声は、美蝶子なのか鼬川なのか。

それすら理解できない頭の中で、月冴が思い浮かぶ。

彼を愛している。しかし、それでも今――守らないといけないものがある。

……大丈夫だ。もうなにもできない子供じゃない。

月冴に会って、愛を知って……無敵になれたから、怖いものなんてなにもない。

ボタンを外す手が震えた。注がれる視線が気持ち悪い。

それらを見て見ぬふりをしていたものの、ブラをとる勇気がなかった。

すると男は彩葉の背後に立ち、下着を毟るようにして外した。

そして――。

「ほう。これが……天狐の子孫の証か。見事な痣だ」

男は感嘆に満ちた声でそう言った。

「天狐？」

「御先家に繁栄をもたらし、そして呪いをかけたという天狐。架空の存在だと思っていたが、やけに最近、月冴が執心する女がいると思ったら。まさか……本物だったとは」

御先。月冴。

「あなたは、一体――」

すると男は笑った。

「月冴の兄、御先家長男、御先颯生。お前の夫となる男だ」

「……え？」

聞き返した瞬間、首にがつんと強い衝撃が走る。

急速に視界から色が失われていく最中、なにかの声が聞こえた。

ねんねこしゃんしゃん　おころりよ
こんこん　てんことねんねこよ

かわいいあこには　かかさまが
きゅうこのしっぽを　ゆりかごに
いぬがめころころ　なくあこに
げっかこうで　ねんねこよ
ねんねこしゃんしゃん　おころりよ

声が消えかける刹那、彩葉は呟いた。

「かかさま……」

❖　❖　❖　❖

月冴が檑と別れた後、彩葉と鼬川の行方がわからなくなった。

いくら待てども帰ってこない。連絡がつかない。

彩葉のＧＰＳも起動していない。

一睡もできず、そして朝に電話をかけてみたが……それでもふたりは現れなかった。

月冴の苛立ちと不安は最高潮に達そうとしていた。

ふたりが出かけるところは、別のスタッフが見ている。しかしなぜふたりが一緒に出かけたのか、そしてどこに出かけたのか、知るものはいなかった。

狸塚も飯綱もそれぞれに出かけて、心当たりを回っている。

月冴も行こうとしたが、月冴の顔色があまりに悪いことを慮り、女性スタッフが戻るまで、狗神が監視として社内に残っている。

狗神もただ社内にいるわけではなさそうで、どこかに電話をしたりと協力はしてくれているが、いまだ朗報は入ってこない。

ふと、櫂の言葉が蘇る。

──この会社に颯生兄さんのスパイがいるから。隠し事は筒抜けだよ？

信頼するスタッフを疑いたくない。

しかし、万が一そんなものがいて、彩葉の痣のことを知り、それを颯生に告げてしまったら、颯生は絶対的に彩葉を奪う。月冴は、天狐の子孫を見つけてくる任務があるのだから、当然のことだと掠《さら》うだろう。

「まさか、颯生が……」

そんな時、外線で電話がかかってくる。

それは彩葉の妹、美蝶子である。

『お願い、助けて。私がこんなこと頼むのは筋違いだけど、お姉ちゃんを助けて！』

「彩葉になにがあった⁉」

月冴は受話器を握る手に力を込めた。

『私が、私がお姉ちゃんを呼び出したの。そうしたら抜けさせてくれると言うから。お姉ちゃんに手を出さないと言うから！　だけど……連れていっちゃった。お姉ちゃんを、私を助けに来てくれたお姉ちゃんを。こんなはずじゃなかったのに！』

美蝶子はわんわんと泣いている。

「落ち着け。誰が、彩葉を連れていった」

『FOXの幹部も怖れる……残虐な男。私たちはサツキ様と呼んでいたけど、お姉ちゃんに名乗ったの。月冴さんの兄、御先家長男だって！』

「颯生が⁉　どうして彩葉を……」

『背中の痣を見てた。そしてお姉ちゃんの夫になるって！』

怖れていたことが現実になってしまったようだ。

颯生は、彩葉の痣を知ったのだ。

しかしどうやって……。

『それと、サツキ様にお姉ちゃんを呼び出せと言われた直前……サツキ様は電話をしていたの。その電話でサツキ様はなにかを知ったらしく興奮して。話の内容から、恐らくその電話の相手、月冴さんの会社にいる』

月冴は歯軋りをした。榴の言葉通り、この会社には裏切り者がいるのだ。

「それが誰か、わからないか⁉」

『確か、サツキ様が口にしていた名前は……ケイタ！』

チューベローズにいるケイタは、ひとりしかいない。

それは――狗神慶太だ。

電話を切った月冴は、バアアンと机を叩く。

「狗さんはどこだ⁉」

……その数分後、月冴のスマホがメールを着信する。

『御先家一族の方々に告ぐ　本日午後二時より、三年前に遺言状を公開しホテルの場に集まられたし　長男颯生様が連れられし女人、背の痣の披露目をいたし候　五十嵐』

❖　❖　❖　❖

どこかのホテルの一室。

彩葉は体を奪われた――などということはなく、スマホを没収された上で、ひとり監禁されただけだ。

颯生から、遺言状や天狐のことを聞いた。

それでようやく、背に痣ができた時の月冴の驚愕と、嘆きの意味がわかった気がする。

さらにあの子守歌――。

もしかして自分は、御先家の伝承の天狐と関わりがあるのかもしれないし、ないのかもしれない。しかし孤児である自分には、それを証明する者はいない。

それなのに、なにをもって真とし、そして偽とするのか。

天狐の証である痣の披露とは、背中を皆に見せないといけないのだ。

見知らぬ人々の前で、肌を晒される女の気持ちなど一切考えていない。

——お前が逃げ出せば、鼬川という男はよくて半身不随。お前の出方ひとつだ。

鼬川を人質にとられているため、従うしかない。

だが、人間を虫けらのように扱う男の妻になど、誰がなるものか。

自分が……心から愛するのは、月冴ひとり。

突然できた痣ひとつで、この恋を終わらせられてたまるか。

彩葉は、変装術の極意を狗神に聞いた時のことを思い出す。

——他人になるというのは、憑依させるということ。憑き物がついた状態になるということだ。

——憑き物はひとの願い。ひとの心。念が強ければ強いほど、他人になれる。

——だからね、彩葉ちゃん。もしも窮地に陥り、自分を捨てて他人にならないといけない時は、はったりをかますんだ。できないものはないと、無敵パワー全開で。

彩葉はワンピースを着せられ、別の階に移動させられた。

どこまでも冷たさしか感じない颯生が隣に立つと、嫌悪感に鳥肌がたつ。

月冴と同じ血を引く兄だというのに、月冴に感じた共鳴のようなものはない。

（ふざけた伝承と遺言だわ。わたしが天狐の血を引くのなら、三兄弟の誰でも月冴のように欲情したり、感じるものがあるはずなのに）

恥をかけばいいのだ、皆の前で。

自分は選ばれなかったのだと、屈辱を味わえばいい。

連れてこられた大広間には、正装した大勢の男女が集まっている。

（これがすべて一族……）

御先家はどれだけ巨大な家なのだろう。

今更ながら、月冴がそこの三男だということが大きくのしかかる。

執事のような格好をした老人がにこにこと出迎えた。

「ようこそいらっしゃいました彩葉さま。執事長の五十嵐と申します。前代御先家当主の代理として、遺言の進行役を務めさせていただいております」

やけに慇懃な老人ではあるが、ぎらぎらとしたこの広間では、にこやかに振る舞う五十嵐の方が異質に思える。

「それでは、彩葉さま。まずはタオルを……」

「そんなものは必要ない。さあ、皆よく見るがいい。これが天狐の子孫、羽根の痣だ！」

全員の視線が集まる中で、颯生は彩葉の背のチャックを引き下ろすのではなく、力任せに彩葉のワンピースの背を引きちぎった。まるで獣のように――。

「さあ、五十嵐。確認しろ。この痣だよな、この痣が正解だよな⁉」

彩葉は、人として扱われない屈辱にわなわなと唇を震わせていたが、周囲がしんと静まり返っていることを訝しむ。天然の不思議な痣なのだから、もっと騒がれてもいいはずだ。

その理由は、五十嵐の口から告げられた。

「痣など、ありませぬな、颯生様。滑らかな……肌色があるだけです」

「そんな馬鹿な……！」

彩葉も内心驚く。

痣は実にタイミングよく、消えてくれたらしい。

痣があること前提で、はったりをかまそうと思っていた。痣を逆に利用して、天狐になりきる演技をしてでも、颯生との結婚を壊すために。

「そ、そんな！　ちゃんと見たんだ、俺は！　なぜだ、痣を出せ！」

彩葉の肩を摑み、体を揺さぶる。颯生の目は血走っており、狂気を感じた。

なにがここまで彼を駆り立てるのだろう。

（当主の座？　そんなに当主になりたいの？）

家が家族が嫌いだと言っていた月冴。

月冴の心を殺した御先家は、颯生にとってどんな魅力があるというのだろう。

当主になれば、天狐の呪いで数年のうちに死ぬと、颯生から説明を受けた。今の颯生を見ていたら、あながち呪いは本当なのかもしれないと思わせる。

今の彼だけではない。人間を人間と思えない、暴虐な彼の性格そのものが、呪いのせいなのかもしれない。そうでなければあんなに非道なこと、できるわけがない。

「残念ながら颯生様。痣はありませぬ。天狐の子孫ではありませんでしたので、失格とさせてもらいます」

「五十嵐、これはなにかの間違いだ。痣は……痣はちゃんとある！　遺言の期限は明日までだ。だから待って……」

「ぶはははははは」

そんな笑い声があがり、優男風の美形が現れた。

「無様だね、兄さん。偽物をつれてくるなんてさ」

「榀……！」

（これが二番目のお兄さん……。三兄弟、母親が違うって聞いたけれど、母親が全員美人か、父親が相当格好よかったのか……）

父親の血を色濃く引いているというのなら、やはり呪いは次男も継承しているのだ。

「失格は失格だよ。三年前にちゃんと事前にそう言い渡されていたじゃないか。……さようなら兄さん。当主の座は僕がもらうね」

彼の目も狂気。権力に酔いしれている。

「皆さん、僕、天狐の痣を持つ女の子を見つけちゃいました」

彼の隣にいるのはびくびくしている清楚な美少女。

透明感があり、彩葉よりもずっとこの世のものとは思えぬ儚げな空気を漂わせている。

（わたしに痣がないんだし、彼女が本当の天狐……？）

檑が揚として、少女の背に手をかけた時である。

バァンと扉が開いて、月冴が駆け足で中に入ってきたのは。

❖　❖　❖　❖

狗神がすでに外出し、連絡がとれないことに月冴が苛立っていた時、五十嵐からの召集メールが届いた。慌ててホテルに向かったものの、交通渋滞に巻き込まれ、途中で降りて走って会場にやってきたのだ。

（間に合うか⁉　間に合え！）

彩葉との絆を信じて扉を開けると、そこには背を剝き出しにした彩葉がいた。

颯生が呆然と立ち、檑がなにかを言っていたが、目にも耳にも入らない。

彩葉がいた。

自分の女が生きていた——それだけで感極まる月冴は、一族が見ているにもかかわらず、彩葉を抱き締め、その唇を奪った。

温かく柔らかい唇。何度重ねても飽きることない感触を味わい、舌を差し込んで彼女のそれを搦めとれば、応えてくれることが嬉しくて、熱が入りすぎてしまった。

濃厚すぎるキスに夢中になっていると、彩葉がくったりとしてしまう。

　そんな彩葉を慌てて抱きとめ、この場が天狐の披露場であったことを思い出す。

「月冴様、彩葉様とはどんなご関係で？」

「七年前から想い続けている恋人だ。ゆくゆくは結婚するつもりだ」

　彩葉がもぞりと動いているが、喋らせまいとその口を肩で塞ぐ。

「俺の彩葉を、颯生兄さんに無理矢理に奪われた。だから返してもらう」

「ほほう。颯生様のお相手ではなく、月冴様の。本当ですか、彩葉様」

　彩葉は月冴に抱き締められたまま、こくこくと頷く。

「……兄さんになにかされた？」

　彩葉はぶんぶんと頭を横に振る。それを見て心底安堵する。

　仮に彼女が兄に穢されたとしても、この愛が揺らぐことはない。

　相手に憎悪が増すだけのこと。

「月冴様。只今、颯生様が彩葉様を紹介なされた時、背には痣が出ておりませんでした。颯生様は出ていたと仰っている。月冴様はいかがですか？」

　なんと答えるべきか、正直月冴は迷った。

　それでも今、痣が消えているのなら、自分も当主強奪戦の脱落者として早い認定を受けたい。痣がまた出る可能性だってあるのだ。

「痣はあった」

「でしょうな。これだけくっきりと、痣が浮かんでいるのを見れば」

「え？」

慌てて月冴が彩葉の背を見ると、そこには明瞭な羽根の痣が広がっていた。

精緻に描かれたような羽根の模様が天然なのだと、誰が信じるだろう。

場はざわついていた。

今までなかった痣が突如浮かび上がったのだ。それは奇跡の類いだろう。

「ねぇ、わたしの背中に、痣が出てるの？」

これだけ鮮やかな痣でも、顕現する際には背に違和感は覚えないらしい。

「ああ。とても綺麗に。神秘的な痣だ」

すると彩葉は少し考えてから、月冴を見遣った。

「もしかすると、月冴から愛されて幸せだと強く感じると、出てくるのかも」

「え？」

「お兄さんの時は、心身が全拒否して鳥肌たっていたの。だけど月冴がきてくれて蕩けるようなキスを受けたら、欲情ともまた違う……こうきゅんきゅんという好きっていう気持ちがすごく強くなって。わたし……月冴のものなんだってすごく思ったの」

真顔でそんなことを言う彼女は、自分をどうしたいのだろう。

……そうであればいいと思う。

肉体を超えて欲情を連鎖させられる彩葉なら、体表を変えることくらい、やってしまいそうだ。

彩葉との関係については、説明ができない不思議な絆がある。

月冴に愛される悦びで顕現する聖痕――。

しかしそれがなぜ羽根の痣かはわからないけれど。

「開封します」

五十嵐が懐から取りだした封筒を開けた。そこには霊媒師が描いたという痣の絵が描かれているはずだ。

「月冴様、彩葉様……彩葉様の背を調べさせていただきます」

五十嵐は白い手袋を嵌めると、彩葉の肌に触れた。

痣が人工的か否か、調べているのだ。

そして絵と痣を見比べると、月冴に頷いてみせた。その後、その紙を一族に見えるように披露して声を張り上げた。

「一致いたしております」

正直――彼女が不可思議な天狐という存在のような気はしていた。

痣がないからと油断していたが、復活したのなら……話が変わってしまう。

月冴が連れてきた女に天狐の痣があり、彼女と結婚したいと月冴は先に告げている。

つまり――

「颯生様では出なかった痣が、月冴様には出た。この勝利は月冴様――」

御先家の当主の座が、月冴に回ってきてしまったということ。

「それはインチキだ！」

それを遮るように叫んだのは榴だった。横にはおどおどしている清楚系少女がいる。

「こっちが本物だ！」

月冴は、チューベローズに来た時の榴の言葉を思い出す。

――いないのなら、作るしかないかなって。

――僕は五十嵐と仲がいいからね。どうとでもできる。

そうだ。これは榴の出来レースだったはずだ。

しかし――。

「ならば榴様。ここでご披露ください。同じ痣を見せていただきましょうか」

「……五十嵐、貴様！　話が違うじゃないか」

違う痣でも見せられていたのかもしれない。

どこか幻想的な女に、事前に入手していた模様の痣を人為的に刻む。

しかしそれは、彩葉の模様とは違うため、榴がどんなに主張したところで、偽物扱いされて終えるしかないのだ。

それを悟ったのだろう。榴はこう叫ぶ。

「天狐なんて五十嵐の作り話だ。遺言状も僕が細工したのだから無効だ！」

「は？」

思わず月冴からも颯生からも声が出てしまう。むろん一族からもだ。

櫂曰く、遺言状の内容自体が、亡き父のものではないということ。

だったら三年前の遺言状公開はなんだという?

妹の祥月命日だったあの日は。

「証拠の音声もここにある!」

櫂がポケットから機械を取りだして再生する。

そこには確かに、画策するふたりのやりとりがあった。会話には弁護士も混ざっている。

……元々亡き父は、櫂を快く思っていなかった。

だからこそ、彼が当主になるために、非現実的な理由で下克上を認める遺言状の存在が必要だったと——そういうわけか。

「それは本当のことなのか、五十嵐!」

それまで黙っていた颯生が詰問すると、五十嵐は悪びれた様子もなく平然と答えた。

「最早隠し立てはできませぬな。櫂様の仰る通りでございます。遺言状は捏造。天狐の伝承などございません。それは皆様が口々に言われていた通りに」

にこやかなのに、ぞっとする……執着めいたなにか。

五十嵐のこのにこやかさが、昔から月冴は苦手だった。

笑みばかりの顔は、なにかの表情を隠すための仮面に思えるからだ。

「そもそも、皆様が幼少の頃より、私がお聞かせした天狐の話自体が絵空事。御先家には代々、残虐な気質が受け継がれていたため、お子様たちの中に眠るそれを、血の呪いという形に置き換えて、外にでないようにするためでした。忠臣たる私のおかげで皆様は、人の道を踏み外さずに生きられたのですよ」

善意だと強調し、あくまでにこにこと五十嵐は語った。

「それと、これだけは訂正させていただきますが、私は次期当主を望む櫂様を応援したいがために、遺言状の偽造に目を瞑り、天狐の話を推進したのではありません。私が櫂様の野心を利用し、三年かけて皆様の本性を拝見させてもらったのです。ある使命のために」

自らを忠臣と語った五十嵐の仮面が、外れかかっている。

「僕を利用しただと⁉　お前にどんな権限があってそんなこと……使命とはなんだよ！」

ただ言いように使われただけだった櫂は、屈辱に顔を真っ赤にして怒鳴った。

「権限なら、ございます。執事長としての」

カタカタ、五十嵐の仮面が揺れている。

「執事長に権限などない！　主人の遺志を変えているんだぞ、たかが使用人の分際で！」

颯生の声に、五十嵐は愉快そうに笑いながら語り始めた。

「初代当主は、自らの嗜虐性に怯えられ、当時の執事長にこう頼んだのです。もしこの先、自分が欲深に残虐性を見せたら、生き恥をさらす前に家のために始末してほしいと」

月冴は思わず顔を歪めさせた。その言い方なら、まるで――。

「御先家のご当主たちは、皆様……嗜虐的なご性格をしていたようで。代々の執事長は、御先家を守るために、忠実に命令に従って参りました。……裁断権があることこそが執事長の権限。それを行使して正しい当主を据えるのが我らの使命なのです」

「……まさか、歴代の当主たちが短命なのは……」

月冴の震えた声に、五十嵐は朗として答えた。

「ええ、私の父、さらにその父が判断したからです。御先家にはいらないと」

答え終わった瞬間、五十嵐の仮面は床に落ちて割れた。

「さあ、誰が当主に相応しい人物か、私が判断して差し上げましょう。まあ、相応しくない当主はいつものように始末すればいいことですが。それが代々の執事長の務め」

出てきたのは、醜悪で老獪な偽善者。使命感をねじ曲げ、自分たちが当主を決定できる影の支配者になっていたつもりでいる高慢すぎる輩。

月冴は冷ややかに笑った。

「代々の執事長の癇に障る当主は始末された。それが当主が短命だった理由。俺らの始末も最初から見据えていたから、疑われないように先に天狐の呪い話をでっちあげたのか」

「さすがは月冴様。その通り。天狐の話はいい隠れ蓑でしてな。妙案でございましょう」

月冴は、誇らしげに語る五十嵐に怒気を発した。

「任務にかこつけた殺人を正当化するために遺言状まで捏造して、なにが妙案だ！」

一族の長が執事長に生死の運命を握られてきた——それが初代当主の望みだったにせよ、実際には公正な審判気取りの執事長たちの気分ひとつで、その命が奪われてきたとは。

その事実を知った月冴は、怒りにくらくらしつつも、ふと思う。当主になって五年も経たずに逝った父は、どうだったのだろうと。死因は過労による心臓発作とされているが、息を引き取る直前までそばにいたのは、五十嵐ひとりなのだ。

「五十嵐。お前……父さんに手を下したのか？」

「さてさて、どうでしょう。ご想像にお任せ致します」

感情の読めない目を向けて、五十嵐は笑う。否定しないのは、肯定しているのだろう。

「お前は……善悪の判断もできないのか！　誰にも他者の命を奪っていい権利などない！」

月冴は語気を強めて詰ったが、五十嵐の表情は崩れない。

「初代当主の命令を忠実に守り、御先家繁栄のために尽くすのが我々の善です。一切の情を殺せというのが、我が父……先代執事長よりの厳命。そして父もまたその先代からそう教えられてきました。忠義者と思われるならまだしも、不忠者だと見なされるのは心外でございますなあ」

くつくつとした五十嵐の笑い声が響く。これだけ多くの一族が集まっているというのに、五十嵐に異を唱えているのは月冴だけだ。

同じ父親を殺されたかもしれない長男と次男は――他人事のように聞き流し、次期当主の座を巡って言い争いを始めていた。彼らにとって重要なのは、後継者争いの敗者だったはずの自分が、どうすれば御先家の権力を手に入れられるかだけ。

「檑、お前は五十嵐と同罪だ。御先から消えろ」

颯生が檑を咎めると、檑も言い返す。

「なに？　あんたは御先の当主に相応しいと思っているわけ？　ＭＩＳＡＫＩの個人情報を半グレ集団に流し、金を巻き上げさせて上納させて私腹を肥やしていたくせに」

「そういうお前は何様なんだ？　ひとの組織から女を盗んで、どうせ天狐の痣を作るための練習台にしていたんだろうが。事件になったら俺に罪をなすりつける気だったんだろう」

「僕を責められる立場？　あんたなど組織のひとつを使って、妹を金持ち男たちの贄にして稼ぎまくった鬼畜のくせに」

今、なんと――？

「お前なんか、妹に直接、『生きているだけで邪魔』『恥さらし』『役立たず』とか言い続けて、自殺に向かわせたじゃないか。保険金がお前に入るように仕向けて」

――お兄ちゃん。誰も恨まないでね。私がいけなかったの……。

――助けてくれてありがとうって……思ってね。恩は……返さないと。

ずっと……探していた。

妹の代わりに、妹を死に追い詰めた黒幕に報復したいと。

憎むべき奴らが、こんなに近くにいた。

こんな血を……自分も引いていたのか。

「ああ、俺……もか」

彩葉に欲情する自分がケダモノじみていた理由が、わかった気がした。

愛など無縁なこの醜い家で、自分はまともな人間で正しいと思いこんでいるのは本人のみ。その正体は虎の威を借る狐以下のただのケダモノにしかすぎない。

罵り合う二匹のケダモノ。それを嘲笑う老いたケダモノ。

そして――

「――黙れ！　そこまでお前らはケダモノの王になりたいのか！」

それを怒鳴るのもまた、ケダモノ。

「人間としての誇りを、どこに捨ててきたんだ！」

月冴は吼《ほ》えた。

❖　❖　❖　❖

痛い、痛い、痛い。

月冴の痛みが、彩葉に流れ込んでくる。

天狐伝説なんて存在していなかった。すべては五十嵐の作り話で、誰もが振り回されただけ――そんなお粗末な結末で、すっきりと片づけられない彼の重い感情が、流れ込む。

彩葉自身、天狐伝説が架空であれば、背中の痣の模様が予言されていた理由など、腑に落ちないことはあるが、彩葉と月冴の間には依然、説明しがたい特殊な繋がりがある事実は変わりがない。

そして今、自らの昂った感情を一方的にしか伝えられなかった彩葉は、月冴の強い感情を感じ取っていた。月冴と出会ったことが必然というのなら、ひとりでは抱えきれないこの感情を代弁できるのは、自分しかいない。

「お前、兄に対してなんだその態度は！」

「こうやって、御先の家をかっ攫うつもりだったんだろう⁉」

ふたりの兄が月冴に怒りをぶつけようとした次の瞬間――

「黙れって……言っているでしょう⁉」

怒りの涙をこぼす彩葉が、ふたりの兄の胸ぐらを両手で摑んで持ち上げていた。

「な、なんだこの力……」

彩葉は怪力なのだ。幼い頃から家で力仕事をしてきたせいか、成人男性以上の握力や腕力がある。普段はそれを忘れるくらい、役立ててはいないけれど。

そうしたものもすべては、意味があるのかもしれない。

「血が繋がっているくせに。わたしには羨ましくてたまらない、血の繋がりがあるくせに！　なんで呪いを作り出そうとするの⁉」

彩葉はぎりぎりと奥歯を嚙みしめ、続けた。

「なんで血の繋がる妹にもそういうことをしたの。なんで女を虐げ傷つけ、食い物にするの。なんでそうやって簡単に、心がある人間を野心の道具にできるの？　そんなに御先って偉いの？　ねぇ、誰か……誰か、答えなさいよ！　自分の意志でおかしいって気づきなさいよ。声をあげなさいよ！」

彩葉は一族の方を見た。しかし誰も答える者はいない。

ただ五十嵐が笑うだけだ。そして彼は彩葉に言う。

「あなたもまた、愛に飢えたケダモノですね」

「笑うな、笑うな！　愛を求めて必死に生きたい人間を、人の命さえどうとでもできると思ってる非情な奴が、笑うんじゃない！」

彩葉は両手の兄を五十嵐に向けてぶんと投げつけた。

五十嵐は老人らしからぬ素早さでひょいと避ける。

そのため兄たちは椅子にぶつかり転がった。

「ははは、さすがは彩葉ちゃん。斜め上をいくね」

突如聞こえたのは、狗神の声だ。

彩葉は周囲を見渡したが、狗神らしき姿はない。

「でもよかったね、月冴ちゃん。彩葉ちゃんは愛を求めて生きようとしてくれてる。こんな環境の中で育っても、月冴ちゃんがしていたことは、ちゃんと実になり花になってる」

途端に月冴は、その場に蹲《うずくま》った。

「あんたなのかよ……狗さん！」

「そういうこと」

五十嵐だったはずの老人は、顔に小さなスプレーのようなものを噴射してから、ハンカチで顔を拭く。

そこには――狗神の顔があった。

「い、いいい……」

驚く彩葉は、狗神の名すら口に出せない。

そんな時、声を荒らげて言い放ったのは、体を起こした颯生だった。

「ケイタ、これはどういうことだ⁉　俺はお前に、そんなことは命令していないぞ！」

すると狗神は笑う。彩葉がいつも見ていた、あどけない笑い顔で。

「そうだね、颯生さんは僕に、月冴ちゃんの監視をさせ、月冴ちゃんが天狐の情報を摑んだら、すぐにそれを教えろとしか、命じていないものね。月冴ちゃんを出し抜くために」

彩葉は目を細めた。

兄弟でありながら颯生は月冴の近くにスパイを送り、そしてそのスパイは長年、月冴の理解者として仕えていたのに、実は月冴を裏切っていた……ということなのだろうか。

（まさか狗神さんがそんな……。月冴は……）

しかし月冴は表情ひとつ変えることなく、冷ややかな印象のまま傍観している。その落ち着きぶりからは、この展開を予見していたかのようにも見えた。

そんな中、声を上擦らせた櫺が叫ぶ。

「い、五十嵐が偽者⁉　いつからだ？　あの遺言状公開の時は？」

「全部僕だよ。録音されていた櫺さんとの会話も僕だ」

「なんのために⁉　本物の五十嵐はどこだ、そもそもお前は何者だ！」

それに同調するように、颯生も詰問する。

「答えろケイタ。お前が密かに私に接触してきたのは、なにか魂胆があったのか？　なんの茶番だ、これは！」

するとと狗神は笑って言った。

「颯生さん。僕、二重スパイなんだ。あんたの指示を父さんに流す、ね。ついでに言えば櫺さんとのやりとりも。御先家に起きたすべてのことを、誰がどのように考えどんな処理をするのか、父さんに客観的に判断してもらうために」

「父さん？」

颯生と櫺が同時に聞き返した時、カラカラとなにかの音が大きくなった。

「そう。僕……子供なんだ、五十嵐の。狗神は……母親姓」

開きっぱなしだった扉から、電動車椅子に乗った老人がやってくる。

顔はやつれて頬は痩け、鼻からは酸素が送られている。車椅子にはたくさんの点滴や管、機械がつけられていた。

その人物に、確認するかのように月冴が声をかけた。

「本物のじい……五十嵐か？」

「はい、坊ちゃま。お久しぶりです」

土色の顔。今にも消えてしまいそうな、力のない笑みだった。

（このひとが狗神さんのお父さんで、御先家の本当の執事長である五十嵐さん……）

彩葉とは初めて会った男なのに、どこかで会っていたかのような不思議な既視感を覚える。それは狗神がそれまで五十嵐を演じていたから、だけでは説明できないものだ。

(三兄弟がわからないほど、狗神さんの変装と演技は完璧だったのだろうけれど、今の……本物が見せているような悲しげな顔を……どこかで見た気がする)

彩葉が記憶を巡らせていると、月冴が変わり果てた執事長の姿に悲痛な顔を向け、かすかに震えた声を上げた。

「いつから、こんな状態に……」

「三年前……旦那様が亡くなった後あたりです。なんとか、遺言の期限まで……もたせてきました」

するとと月冴はため息をついた。

「三年も前から、狗さんがじいに成り代わっていたとは、まったく気づかなかった。基本、狗さんは会社にいたし、俺たちは本家に住んでいないとはいえ、よく偽物だとばれなかったものだ。ま、協力する使用人もいたんだろうが。だが、なぜこんなことを……」

すると車椅子の五十嵐が、ぜぇぜぇと息をしながら言う。

「私が……息子の慶太に……頼んだのです。私が聞いてきたこと、してきたこと、すべてを話し、私として……場をまとめてもらいたいと。私を装った慶太の言動は、すべて私の意思。代々の執事長が……当主への生殺与奪の権利を与えられているのも事実です。私が決意したことを最後に確認するために、慶太に暴露させ……私の父や祖父のように、傲慢に見える振る舞いをさせました」

「皆、騙していてごめんね。でも……許して。父さんの最期の願いなんだ」

狗神の声が震えた。

わかっているのだろう。父親の死期が近いことを。

狗神は戦慄《わなな》く唇を嚙みしめた。

「それで五十嵐。確認はできたのか？」

月冴が屈み込み、虚ろな灰色の目をしている五十嵐の顔を覗き込んだ。

「はい……。これが……旦那様の、本当の……遺言状です」

五十嵐は瘦せ細った手で、膝の上にあった紙を月冴に渡した。

月冴はそれを読み上げた。

「『遺言状　執事長は私の死後、三年までに、次期当主を誰にするかを決めよ。選考は執事長の良心に委ねる。なお、当主を決定した際には執事長の役を永遠に解する』」

狗神が語った天狐という存在を隠れ蓑に、誰が当主に相応しい人間性や品性を持っているか——五十嵐の判定は始まっていたらしい。

そして五十嵐がここに現れたということは、結論が出たのだろう。

五十嵐は弱々しく言った。

「この五十嵐、命をかけて……判断しました。月冴……坊ちゃまを、当主に」

途端に不満を爆発させたのは颯生と櫂だ。

互いを罵り合っていたくせに、今度はタッグを組み、月冴がいかに当主の器がないかを訴え始めた。それは悪意と偏見に満ちていて、聞いていて彩葉は気分が悪くなった。

言葉にして怒るのも厭わしい。彩葉がダンッと片足を踏み鳴らして睨んでみせると、ふたりはびくっとして縮こまった。特に颯生など、美蝶子にはあれだけ残虐に振る舞っていたのに、叩きつけられる側になったのが初めてだったのか、彩葉がそれほど鬼神に見えたのか……彩葉には強気に出られないようだ。

彩葉が外野を黙らせた後、月冴は目を細め、彼を名指しした五十嵐を詰《なじ》った。

「なぜ俺だ？　俺の妹が……菜々が、御先家の面々からどんな屈辱的な扱いを受けて死んだのか、俺がどれほど御先を憎んでいたか、お前が知らないはずはないだろう！」

月冴が大切にしていた妹――。

彼女を死に追い詰めたのが、このふたりの兄であることは、先刻彼らが暴露し合った。

天狐の呪いが絵空事だとしても、御先家では、神でもない従者が主の命を玩び、主従ともに、ケダモノじみた……浅ましき欲を滾らせているのは事実。

それは、力を望む彼らを……ひとから外れた〝ひとでなし〟の道に引き摺り込む、忌まわしき憑き物であるともいえるだろう。

そんな家を継げと、五十嵐は月冴に言っているのだ。

（月冴が怒りたくなるのもわかる……。わたしも絶対いやだもの……）

「……だからこそ、です。坊ちゃまは……菜々様に、唯一……涙を流された。人間らしい……心を見せられた……。御先家が……失ったものを、失ってはいけないものを……、ただひとり……お持ちだから」

もしかすると五十嵐もまた、非情な任務を持ちながらも、月冴の妹が死んだことに心を痛めていたのかも知れないと、彩葉は思った。

「三年かけて……見極めました。月冴坊ちゃまが……権力に揺らぐことが……ないこと、変わらない……正義心で、弱きもの……を助けて、いること……。だから、この五十嵐、月冴……坊ちゃまに、託したいのです」

「五十嵐……」

「坊ちゃま。ケダモノの……御先家に、ひとの心を……どうか……。この五十嵐は、それもできず、代々の執事長の役目も果たせられぬ……不忠者でした」

虚ろだった五十嵐の目に、強い光が過る。

「変えて……ください。坊ちゃまが、好きだと……思える、家に……。坊ちゃまなら、それができる。だから、正しき後継者に……御先の命運を……委ねます。それが……我が……偽りなき、良心。旦那様の……遺志」

そして五十嵐はしばし咳き込む。

「……坊ちゃま。お別れのお時間が……きたようです」

口を押さえた彼の手のひらには、血がついていた。

「ああ、長かった……。この日が、どんなに待ち遠しかったことか……」

そして五十嵐は、ゆっくりと微笑み――、

「これでようやく……解放、されます。どんな使命があろうとも、じいは、お世話になった旦那様や……可愛い坊ちゃまたちを……殺したくなんか、ありませんから……」

涙をこぼすと、そのまま目を閉じ……動かなくなった。

「五十嵐、五十嵐⁉」

月冴の慌てる声とともに、機械がピーピーと警告音を発したが、すぐにそれは静まった。

狗神が目に涙を溢れさせて天井を見上げる。その肩は嗚咽に震えていた。

そんな狗神の肩を抱く月冴もまた、泣き声を押し殺して静かに涙を流して言う。

「五十嵐は……執事長として、当主をどうとでもできるという狂気を宿していたかもしれない。でも……それに呑み込まれなかった。五十嵐の理性を、人間性を……俺は信じる。父さんは……自死か、本当の病死だったんだろう」

月冴が密かに震える息を整えていると、すっと寄り添った彩葉が彼の手を握った。

彩葉は月冴にかける言葉が見つからず、ただ温もりだけを月冴に伝える。

「俺は……妹を……菜々を追い詰めた、ひとでなしの……御先家が嫌いだ。だけど、命をかけた強い想いを無視するケダモノにはなりたくない。……俺は、人間として生きたい。だから……。五十嵐の……最期の願いを受け継ぐことにする」

月冴は彩葉の手を強く握り返すと、凛とした声で宣言した。

「――五十嵐の命をかけた良心を受け取り、欲に塗れた御先家を改革する。御先月冴……

「前当主の遺言を……謹んで承ります」

❖　❖　❖　❖

御先家の遺言騒動は、月冴の宣言により幕を閉じた。

そして月冴は、御先家を改革すると言った通り、兄の悪行を明らかにした。

兄たちは隠蔽しようとしたが、月冴の会社は調査機関だ。優秀なスタッフたちが、実に手際よく正確に調べ上げたのだ。

すると出ること、出ること……悪事の数々に、月冴も絶句して頭を抱え込んだ。

最初こそ空惚《とぼ》けていた兄たちだが、当主になった弟の追及の手から逃げ切れないことを悟るや否や、月冴に媚び始めた。その変わり身の早さにぶち切れたのは、彩葉だった。

——女性たちをとことん金儲けの道具にして虐げてきた罪が、月冴の付き人になるくらいで許されると？　甘ったれたことを言ってんじゃないわよ！

ふたりはまた、いとも簡単に投げ飛ばされたのである。

鼬川と飯綱の連携調査によると、颯生は遠い昔に失恋して、プライドを傷つけられたことにより、女性全般に憎しみを持つようになったという。そして檑は女がちやほやする環境にいたため、女は自分に貢ぐのが当然だと思っていたようだ。

妹や一般女性たちに対して行った犯罪まがいの行為の数々に、兄たちは心から悔いるという真剣さがなく、月冴は改心させるために強硬手段に出た。

女からは搾り取るのが当然だというねじくれた精神を叩き直すために、馳川が見つけてきた……男版『搾乳牧場』にふたりを放り込んだのだ。

そこではオスウシが、ミルクをがっつりと搾り取られるらしい。

彩葉はピンとこなかったが、この牧場は裏世界では『ケダモノ牧場』として有名な場所らしく、女性客は真性ドSの女王様ばかりだとか。

数週間が経ち、彩葉が颯生たちと再会した時、ふたりの髪は真っ白になっており、げっそりと痩せ細り、屍《しかばね》のようだった。そしてふたりは、彩葉を見た途端にその場で土下座をして、泣いて懇願を始める。

自分は人間と名乗ることもおこがましい、虫以下の下等生物なので、踏みにじってくださいと。女性の皆様に喜んでもらえるような、美味しいミルクを出し続けますからと。

今まで威張り腐っていたふたりの姿は、見る影もない。

月冴はそんな兄ふたりを連れて、御先家の当主として記者会見を開くと、真実を語って陳謝し、二度と同じ過ちを繰り返さないことをマスコミの前で誓った。

失踪中の女性たちはすべて保護された。月冴はＭＩＳＡＫＩから情報を流された、被害者ひとりひとりに謝罪し、詐欺で失った金は全額賠償の上、精神的にも手厚いフォローを約束した。

大手ブライダル会社の御曹司が、反社会勢力や結婚詐欺に関わっていたことはセンセーショナルな話題となり、御先は大損害を被ることになったが、月冴の誠実で真摯な対応と経営手腕によって、少しずつ……緩やかではあるが、信頼が回復してきているという。

不思議なのは——会見を終えたその足で、颯生と櫂が自ら警察へと赴いたことだ。御先の御曹司としての誇りを失い、会見の意味など理解できない状況だったにもかかわらず、その時だけ……まともな兄の顔をしていたと、月冴は彩葉に語った。

ケダモノでも、ひとの心は失っていなかったのか。それとも、ミルク好きな女王様たちにそう調教されたのか、真実はわからないが、少しずつでも月冴の誠意が御先家を変えてくれればいいと思う。

……五十嵐が、願っていたように。

「怖い目に遭い、警察に出頭したからといって、罪が軽減されたり相殺されたりはしない」

月冴は兄ふたりに対し、厳しい姿勢を貫くつもりのようだ。

「もしも、御先の直系で首謀者ではないからと軽い懲罰で帰されたとしても、俺は容赦しない」

詐欺集団が被害者をどんな目に遭わせて傷付けているかをよく知る月冴は、御先家当主としてとことん断罪するようだ。

「俺が兄たちへの制裁を緩和する時は、自発的に妹の墓参りをし、心から詫びること。それが絶対条件。それがない限りは、御先を名乗ることも許さない。当主特権を使ってやる」

ひととしての心が欠けていた兄ふたり。

それはもしかすると、御先家初代からの嗜虐的な血が影響した結果なのかもしれないが、それは理由にならない。同じ血を引くのに、人情に厚い三男がいるからである。

また、証拠不十分で保釈された詐欺師のひとり——誉田ことプウは、自慢だったらしい顔が陥没し、整形手術を受けたが失敗、さらにひどい顔となり外すらろくに歩けず、引き籠もっているようだ。

そんな結果を依頼人、安藤弘美に話すと、彼女は微笑み、プウの住所を訪ねてみたいと言っていた。復縁するのかどうかは、プウの顔を恐ろしく感じないことが前提になるが、彩葉が依頼人を見ている限りは、他の女の影がなくなったプウに愛を向けそうな気がしている。

愛とは本当に、複雑怪奇だ。

美蝶子は、覚醒剤を断ったことによる後遺症がひどいらしく、専門の病院に入院することになった。

彩葉が美蝶子の面会に行くと、彼女はひどく反省している様子で彩葉に謝った。

——お姉ちゃんを危険な目に遭わせて……ごめんなさい。

殊勝な態度を見せたから、彩葉は手厳しく美蝶子に尋ねてみた。

彩葉を騙して呼び出し、男たちに彩葉を売って逃げようとしておいて、姉と呼ぶのかと。

血の繋がりがない自分が、裏切られた美蝶子に情けをかけて、今でも妹として扱うと、本気で思っているのかと。

彩葉は月冴から、どれだけ美蝶子が取り乱して彼に助けを求めたのかを聞いていた。美蝶子に悪意があったわけではないことを知りながら、彩葉はあえて冷たく突き放したのだ。すると美蝶子は、唇を震わせながら頭を下げ、謝罪をし続けた。なにひとつ言い訳をしようともせず、彩葉の糾弾を受け入れ、今までにおける自らの言動を詫び続ける。

人が変わったようだと笑ってみせると、美蝶子はこう言った。

――お姉……彩葉さんの叫びが、頭から消えないの。あなたを犠牲にして手に入れたものなんて、なにひとつないことにも気づいた。残されたのは、ボロボロの体だけ。

美蝶子はがりがりと腕を掻きむしった。腕の自傷痕が痛々しい。

――私……変わりたい。ちゃんとした人間になりたい。今までの私を変えたい。彩葉さんに認めてもらえるような、まっとうな人間に。

――やり直すから、ちゃんと人間らしくなるから……。もし私が更生できたら、その時は……お姉ちゃんと、また呼ぶことを、許してもらえますか。

派手に金を使い、傲慢だった美蝶子が望んだのは――ささやかなるもの。

彩葉は涙腺が崩壊しそうになったが、それをぐっと堪えた。

もし悪の誘惑を完全に断ち切ることができたら、その時に考えると彩葉が答えると、美蝶子は遠い昔に見せていたように顔を綻ばせ、必ず更生すると誓った。

かつて、彩葉の指を握ってあどけなく笑っていた妹。

お姉ちゃんが大好きと追いかけてきた可愛い妹。

その思い出がある限り、その後にどんなに邪険にされてきたとしても、容易く縁は断ち切れない。情は誰かを救うと同時に、体を蝕む甘やかな毒ともなるのだ。

孤独はつらい。しかし孤独ゆえに強くなり、仲間に恵まれた彩葉の今があるのなら、強さが必要な美蝶子には、甘えとなり退路となる家族の存在を消すことが必要だ。

変わりたいと言う妹。人間になりたいと言う妹。

過去を悔いて、変化を真に願うのなら、姉としては妹を冷たく突き放すことで、その奮闘を陰から見守るしかできない。

また美蝶子は、真智子だけではなく、必ず彩葉に金を返して自立することを約束した。彩葉にとってみれば、元々あてにしていなかった金ではあるけれど、美蝶子のためにそれを受けることにした。

何年後に完済になるかわからないが、金の繋がりは、切ったはずの縁をかろうじて繋いでいるようで、とても複雑に思うけれど。

真智子は、愛する我が子の要請に応えて全財産を投げ打ったものの、覚醒剤に苦しむ美蝶子を見て、救済したいと思うよりも絶望してしまったらしい。

外を歩いている様子があまりにおかしいとのことで、保護した警察官から彩葉に連絡が入ったある日、精神科の医者に診せると即時入院となった。

縁を切っても、戸籍上は娘である限り、彩葉が手続きをしないといけない。月冴が手伝いを申し出たが、これは娘として最後の務めだと、彩葉は自分で動いた。

虚ろな顔をした母は、一気に老け込んでいた。彩葉の顔も認識できず、まともな会話も成立しない。ぬいぐるみを両腕に抱えて揺らしつつ、彩葉が初めて聞く旋律と歌詞の子守歌を歌い続けていた。

と思えば、ぶつぶつとなにかを唱え、突如そのぬいぐるみを床に叩き付けると、ぬいぐるみに向かって「お前は出来損ないだ！」と憤慨し始め、泣き出してしまう。

血の繋がりがないぬいぐるみに、誰の姿を見ているのだろうか。

わかるのはただ、あれだけ血の繋がりを問題視していた真智子がそばにおくのは、血すら通わぬ人形だということ。

真智子はもう現実世界には帰ってこないだろう。現実には、彼女が求める理想的な我が子はいないのだから――。

彩葉はその足で、まだ捨てずにいた鍵を使い、誰もいない実家に入った。

それは美蝶子と面会した日、別れ際に美蝶子がこう言ったからだ。

――前に……お母さんに聞いたことがあって。彩葉さんの本当の親のこと。

彩葉を抱いた実の母と、真智子夫婦が出会ったのは、病院だったらしい。

不妊治療がまた失敗に終わり、夫婦が嘆いていたところ、幼児を抱いて泣いている実母に気づき、声をかけたという。

――実のお母さんは末期癌で余命宣告を受け、ひとり残すことになる子供が不憫で泣いていたみたい。

子供が欲しくても授からない夫婦。子供を育てたくても育てられない実母。

どんなやりとりがあったのかは推測でしかないが、夫婦は実母に成り代わり、彩葉を育てることにしたようだ。

――お母さんが捨ててなければ、私も昔に見た写真が、リビングの戸棚の二番目の引き出しに入っているはず。

彩葉はその写真を確かめに、やって来たのだ。

部屋の中はゴミや壊れた食器などが散乱して、ひどい有様である。彩葉は部屋を片づけた後、美蝶子に言われた引き出しを開けてみた。

するとそこから出てきたのは、一枚の古ぼけた写真。

彩葉そっくりの顔をした女性が、慈愛深い笑みを浮かべ、赤子を抱いている。

裏を返すと、文字があった。

『愛する彩葉へ　あなたの幸せをいつまでも願っている』

彩葉はその文字を指でなぞりながら、涙をこぼした。

「お母さん……」

自分は実の母親から、愛されていたのだ――。

今まで空いていた心の穴に、熱く優しいものが注ぎ込まれて満たされていく。

……なぜ真智子は、この写真を捨てていなかったのだろう。

悲哀に満ちた姿で子守歌を歌う真智子を思い出すと、もしかして……聖母の如き無償の愛を見せる彩葉の実母に、憧れていたのかもしれないとも思う。

真智子が愛する実の娘は、母へ金を返していずれ自立するだろう。

金を愛と考えていた真智子は、娘にかけたすべての愛情を返された時、金と愛は同じではないことを、あの状態で悟ることができるのだろうか。

……しかしそれはもう、わからない。二度と真智子と会うつもりはないからだ。

彩葉は静かにドアを閉めて家を出る。

前回はあれだけ泣いていたのに、憑き物が落ちたかのように、今はすっきりとしている。

自分は愛された娘だったと、自信がもてたからかもしれない。

これからは、彩葉を苛んだ家族のことも、笑って話すことができるような気がした。


御先家のお家騒動が一段落した後、月冴は自宅でパーティーを提案し、活躍した古参スタッフたちを招いて労った。

彩葉が颯生に拉致された時、鼬川は、狸塚と飯綱が見つけ出し、救出したという。

面目ないとしばし鼬川は元気を失っていたが、汚名返上とばかりに、迅速に颯生と榴の不正を暴いたため、ようやく顔が立って笑みが戻った。

「彩葉ちゃんのお料理、美味しい～。お嫁に来て～」

狸塚は彩葉のことを名前で呼ぶようになった。嫁嫁とわざと口にするせいで、月冴が怒って彩葉を抱き締めて離さない。

「僕を呼んでくれて、ありがとう」

狗神の元気がないのは、罪悪感からくるもののようだ。

「正直……もうこうやって、わいわいできないと思っていた。どんな理由があったにせよ、僕は月冴ちゃんを裏切っていたんだから」

「でも心までは裏切っていないわ。狗神さんは、仲間でしょう？」

彩葉の言葉に皆が頷くと、狗神は嬉しそうに笑った。

亡き母親から、父親のことを聞かされていなかった狗神が、五十嵐の子供であることを知ったのは、月冴と知り合った後らしい。突然狗神の前に、父だと名乗る五十嵐が現れ、開口一番……御先家で次代執事長を引き継げと言ってきたのだとか。

狗神は猛反発して断り続けていたようだが、父親の病気を知り、最期の願いだからと執事長をしていたらしい。颯生も檑も独り暮らしをしていたため、ほとんど見破られることはなかったとは言うけれど、それは狗神の変装技術がすごすぎて違和感を覚えさせなかったのだろう。考え方も似せることができるのは、彩葉に前に告げていた〝憑依〟ができるからなのかもしれない。

それを褒めた時、飯綱が言った。

——そういえば私たち……憑き物ですよね。

古来より術者が使役する魔力ある小動物。

それは鼬であり、飯綱であり、狗であり。

——狸は？

狸塚が酔いながら訊ねると、化かす魔力があるからと仲間に入れてもらえた。狐狗狸《こっくり》さんというのもあるくらいだから、憑き物で間違いないだろう。

——俺は？

すると、御先というものも小規模の神霊として憑き物とされているらしい。

——わたしは？

すると全員が揃って答えた。

——キツネ。

九尾の狐……別名天狐。

よくもここまで憑き物が揃ったものである。

「あのさ、ひとつだけ……カミングアウトしてもいい？」

気まずそうに狗神が言う。

「僕……演技と変装テクニックを強めるために、いろんなところでバイトしてたんだよね。それで霊媒師……とかやったことがあってさ。ああ、御先の方は違うよ、あれは作り話」

皆の顔が自然と彩葉へ向く。

「え、まさか……わたしに眼鏡くれた霊媒師って……」

「ははは……。すぐには僕も思い出せなかったんだけれど……」

狗神は目を泳がせて空笑いをする。

「狗神さんだったんですか!? 呪いだと思って、七年、七年……！」

「ほらほら、人の念は強いから、誰かさんの欲情する声とか、あるいは誰かさんに開発してもらった色気とか、そんなのも自分でセーブできるってことさ」

すると、突如矛先を向けられた月冴が、口にしていたビールを噴き出した。

❖　❖　❖　❖

「眼鏡……。わたしの呪い封じの眼鏡が……百均のアイテムだったなんて！」

お開きとなった月冴の家で、彩葉がさめざめと泣く。

ソファに座る月冴は、笑いながら彩葉を膝の上に乗せて抱き締めた。

「なんだか俺としては、彩葉の色気が最近すごいから、眼鏡をしてもらいたいけれど、狗さんがばらしてしまったら、モテモテ彼女につく虫を払わないといけないな」

「何言っているのかまったくわからない。わたしのどこに色気が……」

「それはあんた、鈍感過ぎ」

ふっと笑みを消した顔を少し傾けるのが、キスの合図。

酒気を帯びた唇が重なり、その柔らかさに恍惚となる。

「……キス、好き？」

「月冴の方が好き」

「まったくもう……！」

笑う月冴は、彩葉の唇をこじ開けて彩葉の舌を搦めとった。

くねらせた舌を淫らに絡ませ、じゅっと音をたてて吸ってくる。

視界の中でくねくねと動く舌が、互いを求め合っているのがわかった。

それは性急になり、欲しくてたまらなくなる。

その気持ちが通じたのか、月冴は彩葉の顔を両手に挟むと、獰猛に舌を動かした。

「ん、んぅ……」

「いろ、は……もっと舌、絡めて……」

月冴の声が扇情的な掠れを帯びる。

懸命に舌を動かしていると、広袖の中から片手が入り、下着ごと大きく胸を揉み込まれた。体が弾み、漏れる声も悩ましいものへと変わっていく。

下着が下にずらされ、胸の蕾を指で押し潰される。

「あぁあっ」

「こりっこり」

指で強く捏ねられて、もどかしい快感が体に広がった。

舌を絡ませ合いながら、蕾をきゅっきゅっと引っ張られる。

「ゃあ、んんっ」

喘ぎ声が大きくなると、月冴は唇を離す。

濡れた唇が艶めかしくてぞくぞくしてしまう。

「彩葉の可愛い声を聞きたいし、ここ、舐めたい」

蕾を押し潰され、体を跳ねさせた。

「服、脱ごうか。はい、ばんざーい」

月冴は甘い顔で微笑みながら、彩葉の服を脱がせた。

「下も脱ごうね」

「……月冴、パパみたい……」

「予行演習でいいんじゃね？」

「予行演習？」

「俺、近く……彩葉を孕ませるから」

「……っ」

「その時は、結婚、してるから」

月冴は彩葉の左手の薬指に歯を立てる。

「予約」

挑発的な目をして艶然と笑う。

「でも……御先のご当主」

「あんたが嫁にきてくれないと、俺……ずっと独身だ。心底惚れた女がいて、制御不能になるまで欲情され、痣ができるほど愛されているのに、それって可哀想じゃないか？」

「わたし……孤児で……」

「だからなに？　俺はあんたの肩書きなんていらないよ。欲しいのは、あんただけだ。あんたは？　俺が欲しくない？」

「欲しい……」

彩葉に込み上げてくる感情……それは感動だ。

「月冴が欲しい。一生、わたしに……くれるの？　満たしてくれるの？」

「もちろん。所構わず発情する女を満足させ、幸せにできるのは、世界において俺ひとりだと、自信をもって言える」

月冴は彩葉の涙を舌で拭う。

「その身ひとつで、俺のところにおいで。永久の……雇用契約、してやるから」

「うん！　行く！」

するとと月冴は嬉しそうに笑い、彩葉を抱き締めた。

❖　❖　❖　❖

寝室には、テラスから持ってきた月下香の鉢が置かれている。

花が散るまで、少しでも思い出の花に触れて眠りにつきたい――そんな彩葉の意見を尊重し、月冴が窓際においたのだ。

ベッドの上では、全裸の彩葉が足を開いて両膝立ちをしていた。足の間に仰向けになった月冴が顔を出し、蜜を滴らせる秘処に吸いついていた。

「あっ、ああ」

悩ましいか細い声が寝室に響く。

今もまだ、月冴に秘処を舐めさせることに抵抗がある。だが、彩葉の官能を目覚めさせようとする技巧的な彼の唇と舌遣いがたまらず、翻弄されてしまう。

頭を動かしながら、角度を変えて秘処を愛撫する彼は、本当に嬉しそうだ。

大好きな甘い蜜でも舐めているかのように、うっとりとした顔でずっと口淫をする。

恥ずかしい。

だけど、月冴だからしてもらいたい。

本能までもが刺激されるような、そんなめくるめく快感を与えてくれるのは、彼しかいないから。

ちゅるちゅると音をたてて舌を揺らし、彼の吐息が時折漏れる。

吹きかけられた息ですら快感になり、秘処が溶けてなくなってしまいそうだ。

催促しているみたいに、腰が揺れる。

ああもっと。もっと月冴を感じたい――。

「ああ、イク……。また、またイッちゃう……！」

ぐぅんとなにかが加速して、彩葉の全身を駆け抜ける。

息もできない衝動に声を上げて、やりすごすことしかできない。

「彩葉、可愛い……。ひくひくして……蜜が溢れている」

その声ひとつひとつに、体が反応してしまう。

「そんなこと言わないで！」

その瞬間、体が後ろに倒れそうになり、月冴が両手で押さえてくれたが、すぐ横にそそり立つ彼の剛直がある。

体を捻らせるようにして、大きなそれを手で包むと、実に悩ましい月冴の声がした。

(気持ち、いいんだ……)

月冴のは初めてみたけれど、ブンブン男のような嫌悪感は一切わかない。

それどころか、月の光に照らされて、とても美しく幻想的に思えるのだ。

ゆっくり、ゆっくり、軸を扱いてみる。

「ああ……」

震えるような喘ぎ声がする。

「俺の、触ってくれるの？」

「ん……。なんか、すごく愛おしい……」

触りながら、自然に唇を押し当てると、剛直がぶるっと震えた。

「彩葉……だめだ。あんたが触ると……俺……」

「いいよ、たくさん出しても」

「そんなこと……っ」

彩葉の言葉にまたそれは大きくなる。

先端が露に濡れている。それを舌先で掬い、口に含む。

「彩葉！」

月冴の両足が戦慄いている。

この剛直をあますところなく舐めたい。

猫のように舌を動かしながら、時折先端を口に含み、露を吸い取る。

「彩葉、彩葉……」

焦がれたように名前を呼ぶ月冴が愛おしくて、一所懸命口淫していたら、月冴もまた彩葉の秘処を丹念に愛撫する。

「彩葉……すごい蜜だぞ。俺のを舐めて、こんなになって……あぁ、そんなに俺が好き？」

「好き。月冴、好き……」

自然と出てくる感情は、今やすぐに言葉になる。

どうしてこの感情が不要として生きてこられたのか、今となったら謎だ。

だから何度も言う。彼に対してだけに生まれた感情を言葉にするのだ。

やがてふたりの愛撫は連鎖する。

月冴の剛直を激しく口で愛せば愛するほど、月冴もまた激しい口淫をしてくる。

愛して、愛されて――幸せに満たされて充満すると、破裂しそうな切迫感に攻め立てられながら、ふたりは声をあげて同時に達した。

「大丈夫か、我慢できなくて……」

「口で受け取りたかった……」

月冴は吐精する瞬間に腰をねじ曲げてそらしたので、顔に残滓が少しかかっただけだった。

飛び散ったものを舌で舐めようとすると、焦った月冴に止められ、ティッシュで痛いくらいにごしごしと顔を拭かれた。

「本当にあんたって……魔性」

「え？」

「どうしてくれるの。俺……また欲情してきたんだけど」

扇情的なとろりとした顔で、避妊具をつけた彼は、また一段と色香を強めて、斜め上から彩葉を見下ろした。彩葉の口淫で果てたはずなのに、もう上を向いている。

彼はまたあの獰猛な欲情を抱えているらしい。

だったら……。

「後ろから、して。動物みたいに……ケダモノみたいに、犯されたい」

その言葉は、月冴の理性を壊してしまったらしい。

彩葉が四つん這いになると同時に、雄々しい剛直が蜜口からがねじ込まれた。

「ああ……おっきい……」

体を反らせて、みちみちと中に入るその感触を甘受する。

鳥肌がたつぐらいの快感だ。

「ああ……彩葉。締めつけ、すぎ……っ」

「そんなこと言っても……」

まだ途中までしか入っていないというのに、彩葉はぶるぶると果ててしまった。

「なに、挿れただけでイッたの？　どれだけ可愛いんだよ、あんた」

だが月冴は容赦なく、中を押し開いて入ってくる。

「ああ、もう……余裕、ねぇ……！」

ガツガツと律動が始まった。

内壁が獰猛に擦り上げられ、悲鳴じみた啼き声が迸る。

「彩葉、彩葉……あんたの背中に、痣、くっきりだ……」

嬉しそうにそう告げた月冴は、彩葉の背に唇を押し当て、舌を這わす。

「ああ、俺のもの。あんたの心は、俺だけのもの。俺だけに現れる……羽根の痣。……ああ、泣きたくなる。あんたに愛されているってわかったら、余計に！」

そんなことを言われると、彩葉だって泣きたくなる。

自分のすべてを愛してくれるひと。

自分の感情のすべてをわかってくれるひと。

すべてを暴かれているのに、もっと暴いてほしくなる。

「好き……月冴、好き！」

この想いを。

いつだって帰りつくのは、彼の元でありたい。

もう二度と、離れたくないから。

怒濤のような快感が押し寄せ、彩葉は泣き叫ぶ。

激しく愛されるのが嬉しくてたまらない。

腕を引かれてねじ曲げられた顔。舌が絡み合い暴れている。

「彩葉、彩葉！　俺の……彩葉！」

もっともっと、呼んでほしい。

焦がれて餓える心が潤うように。

やがて彼は後ろからぎゅっと抱き締めながら、抽送は小刻みになる。

首筋にある月冴の唇から、果てを知らせる乱れた息が吐かれた。

「彩葉、イクぞ、俺……イク、一緒に」

「うん」

唇が重なった瞬間、深く穿たれた。そして少し腰を回してまたズンと突かれ、それがとどめとなった彩葉は背を反らして声を上げた。

「イ、ク……！」

それは同時だった。

目の前にちかちかとした閃光が飛ぶ。

強制的に視界が白くなる。

その中で、子守歌が聞こえる。

ねんねこしゃんしゃん　おころりよ
こんこん　てんことねんねこよ
かわいいあこには　かかさまが
きゅうこのしっぽを　ゆりかごに
いぬがめころころ　なくあこに
げっかこうで　ねんねこよ
ねんねこしゃんしゃん　おころりよ

愛に満ちたその歌声に、彼女は微笑んだ。

自分の胎に、もし子が宿ったら――自分も歌ってあげたいと思いながら。

それから三回、体位を変えて交わった。

派手に達したふたりはぜぇぜぇと息をして、そして同時に笑う。

「なんで俺たち、いつもこんな全力投球なセックスしてるわけ？」

「今だったら……欲情の連鎖、関係ない気がするね」

欲情と愛情の境目が見当たらない。

そしてふたりは抱き合うと、ねっとりとしたキスを繰り返した。

「その痣、あんたの気持ちを確認できていいよな。浮気とかしたら消えそうだし」

「そんなことしないわ。それなら月冴は……」

そして彩葉は表情を曇らせて続けた。

「なんか、いつもわたしばかり不平等だと思わない？　月冴だって、好きっていうのダダ漏れしてよ……」

「してるって。気づかないのは、あんただけだから」

月冴は笑った。

「狗神さんに、どれだけからかわれていることか」

狗神の名が出てくると、彩葉は五十嵐をともに思い浮かべて、月冴に問うた。

「あのね、七年前も五十嵐さんって、髪、白かった？」

「なんだよ、突然。まあ……白かったな。代々執事長って若い時から白いかも」

白髪になるほど思い悩むのは、御先家の事情なのか、それとも自分の事情なのか。

「……事故に遭った時、老人と少年が言い争いをしているのを見て、そっちに気を取られて車にぶつかったの。それ……五十嵐さんと狗神さんだったのかもしれない。五十嵐さんの悲しげな顔、どこかで見たことがあるなと思っていたのよ」

「それが狗さん父子だったら。狗さんも俺たちの縁くらい、関わってくるよな」

「不思議だね……」

彩葉はしみじみとした口調で言った。

「あ、そういえば……狗さんから帰りがけ、封筒をもらったよな。五十嵐が俺に宛てたという。あれ、見てもいい？」

「うん」

そして月冴が封筒を持ってこようと、彩葉に背を向けて立ち上がろうとした時だ。

「待って待って！　電気つけていい？」

「え、なんだよ？」

ランプシェードに光が灯る。

「やっぱり……！　月冴の背にも、痣が浮き出てるよ」

「なんだって？」

ふたりは移動し、洗面台の三面鏡で背を確認する。

「え……なにこれ」

それはふたりで一対の翼の痣だった。

月冴の痣は、彩葉の片翼を反転したものだったのだ。

「俺……あんたと出会ってから、常識で説明つかないことが起きても、多少のことは動じなくなったつもりでいたけど、さすがにこれは……すごい」

感嘆の声を漏らす月冴の横で、彩葉は小さく声を上げて月冴に言った。

「ということは、月冴は痣がでるほど、わたしのことが好きってことよね？」

「……にやけて言うなよ、この！」

「あ、否定しないんだ？」

「するか。愛が奇跡を起こしたのかわからないけど……同じ痣があるということは、俺たちが運命の相手みたいで、誇らしい気分だ」

「ふふ、同感」

三面鏡には、悦びに抱き合って口づけ合うふたりが映っている。

それはまるでひとつの存在であるかのようだった。

エピローグ

『月冴坊ちゃまがこの手紙を見られている頃、おそらく私はこの世におりませぬ。

坊ちゃまが御先家を救うため当主になることを決意されていますようにと、願うばかり。

この度、慶太に天狐の話をさせた理由を、坊ちゃまにだけ記したく。

坊ちゃまがお生まれになった八月三十一日。

その産院で同じ時刻に生まれた、赤の他人である女児がいたのです。

ふたりの背には、不思議と対のような羽根の痣があり、それが珍しいからと新生児室で隣り合わせにしたところ、ふたりは必死に手を結ぼうとしていたのです。

女児の母親もこの奇跡を驚いて見ておりました。

その母親は、新生児室の外から子守歌を口ずさんでおりました。

私もそれを教えてもらい口ずさむと、ふたりは笑うんです。

　ねんねこしゃんしゃん　おころりよ
こんこん　てんことねんねこよ

かわいいあこには　かかさまが
きゅうこのしっぽを　ゆりかごに
いぬがめころころ　なくあこに
げっかこうで　ねんねこよ
ねんねこしゃんしゃん　おころりよ

それはその母親も、母から受け継いだ歌だとか。

天狐……それは九尾の狐のこと。

いぬがめころころ……それは犬神のことだそうです。

別れた私の妻、即ち慶太の苗字は狗神であり、妙な運命を感じました。

月下香とは花の名前らしいですが、魅惑的な香りがするそうです。

女児の方が先に母親と一緒に退院してしまったために、行方はわかりません。

あの母親と女児が天狐の子孫だったのかは定かでありませんが、そのことをヒントに、天狐の話や、慶太を通して遺言状の細工をすることにしました。

霊媒師の描いた絵というのは、同封したふたりの写真の痣を使用させていただきました。

その後、坊ちゃまからは痣は消えてしまいましたが、坊ちゃまなら必ず、運命の乙女を見つけ、連れてこられると信じております。

坊ちゃまは御先家の最後の良心。どうぞ運命の乙女とともに、御先家を、そして我が息子慶太を、よろしくお願いします。　　　　五十嵐』

❖　❖　❖　❖

雲ひとつない青空が広がる日だった。

大通り沿いにあるひとつのビルに、疲れ果てた顔の女性が訪れた。

「あの……お電話で予約したものなんですが」

受付で名乗り、案内された個室で待っていると、ノックの音がしてドアが開き、にこやかな女性が入って来た。

ぱっちりとした大きな目。快活な笑顔。魅力的な女性スタッフである。

そして続けて入ってきたのは、男性スタッフ。

青灰色の瞳をしている、美貌の男だ。

客の話を聞いた女性スタッフは、大きな目をうるうるさせて言う。

「つらかったですね。よく頑張ってこられましたね。我が社は女性の味方です。安心してください」

その言葉に、女性客は涙した。

「私、全財産をとられて……。もう恋愛も結婚もできない。誰も信じられなくて……」

すると女性スタッフは言った。

「結婚詐欺から始まる恋愛もあるんですよ」

「そんなもの、あるはずが……」

するとと女性スタッフは男性スタッフと顔を見合わせ微笑んだ。

「あるんです。よければお話しましょうか。嘘のような本当の話」

女性スタッフのノートには二枚の写真が挟まっている。

それは彼女によく似た女性が、慈愛深い笑みを浮かべ、赤子を抱いている古ぼけた写真。

子供が可愛くて可愛くて仕方がない……そんな母の顔をしている。

そして二枚目には、隣り合わせのふたりの新生児。ふたりは手を繋ごうとしていた。

背中には対になる不思議な羽根の痣がある。

「……ああ、その前に。お名刺をお渡しするのを忘れておりました。担当いたしますわたしは、こういうものです」

『チューベローズ　相談スタッフ　御先彩葉』

しかしその名刺が彼女の手から滑り、床に落ちてしまった。

それを慌てて拾おうとすると男性スタッフが、小声で止める。

「無理するな。あんたは身重なんだから」

それを耳聡く聞きつけ、女性客は笑顔になった。

「おめでたなんですか!?」

「はい！」

女性スタッフは、顔を合わせた男性スタッフとともに、愛に満ちた幸せそうな笑みを浮かべた――。


いつの時代でも、どんな謎めいたケダモノでも、親がありて子がありて愛がある。

願いと希望を乗せて、愛は受け継がれていくのだ。

もしも愛に涸れ、愛が欲しくなったら、来てほしい。

愛をよく知るベテランスタッフが笑顔で迎えるから。

「いらっしゃいませ。チューベローズにようこそ」


〈了〉

番外編　それは追憶するケダモノにつき

狗神慶太は、未婚の母に育てられた。

母は父親についてはなにひとつ語らず、朝から晩まで身を粉にして働いていた。

そんな母親が過労で倒れた際、搬送された病院で深刻な病気が見つかり、手術が必要だと医師に告げられたが、手術費用がない。

小学校に入ったばかりの慶太はなす術もなく、頼れる身内もいなかった。

このままでは母が死んでしまう――慶太がふらふらと歩いていた時、声をかけてきたのが芸能プロダクションのスカウトマンだった。

スカウトマンは涙ながらに訴える慶太に同情し、社長に相談した。その結果、プロダクションで手術費用を肩代わりしてくれることになったのだ。

その代償として要求されたのが、子役として芸能界で売れること。

慶太は感謝の念を胸に抱きながら、懸命に働き、眠っていた才能を開花させたのだ。

慶太はブレイクし、借金は早く返済できたが、数年後、手術の甲斐なく母親が病死。

中学生になったばかりの慶太は、悲しみのあまり涙を流せなくなった。

そのことを重く見たのが、母に手厚い看護をしてくれた新人看護師だった。彼女を通して、半ば押し切られた形で、慶太は病院にある心療内科を受診することになったのだ。

担当する女性臨床心理士は、芸能界という、偽り続けねばならない特殊世界ではなく、普通の世界に慶太を戻す必要があると考えた。慶太は学校にあまり行っていなかったため、同年代の友達もいない。そこで心理士は、慶太と同い歳の娘を引き合わせた。

少女は飄々としているが、理知的で空気を読むのがうまかった。シングルマザーである母親がなにも言わずとも、泣けない慶太に寄り添い、悲しみを共有する。

凍てついた心が少女によって緩和された時、慶太は声をあげて泣いた。

少女は黙って、慶太の背を撫でていてくれた。

この母娘により、母の死を客観的に見つめられるようになった慶太は、母のために働いていた芸能界から身を引くことにした。

そして、映画撮影で興味をもった特殊メイクを学んでみたいと思い、現役を引退したと聞いていた元メイク担当の男性のもとを訪れ、変装の基本となるテクニックをがっつりと学んだのだ。慶太は器用で呑み込みも早く、その上達ぶりは師匠も驚くほどだった。

――きみは筋がいいな、もはや私が教えることはなにもない。……そうだ。今、弟が仕事で困っているようだから、その腕を役立ててみてくれないか。卒業試験だ。

師匠の弟は現役の刑事で、慶太の変装と演技は大いに捜査に役立ったらしい。

そして彼は、慶太のスキルを誰かのために役立てた方がいいと強く勧めた。

それにより慶太は、自分の特技を活かした生き方を本格的に考え始めたのである。

やがて慶太は、演じ屋集団である『レンタルアクター』に勤める一方で、リアリティある演技力を磨こうと、様々な職種のバイトを始めた。

仕事がない時間は、自分で設定した人物像に変装し、人混みをぶらつく。

たくさんの人間の目がある中で、どれだけ自分の変装が通用するか――それはスリルにも似た興奮を呼び覚ますものだった。

そんなある日。慶太が借り物の学ランを着て学生のふりをして歩いていると、通り雨に遭い、軒下に移動した。他の通行人も次々と避難する中、ひとり道に立ち竦む男がいた。

雨に打たれながら天を仰いでいるのは――慶太よりも若い青年である。

妙に心が騒いだ慶太は、雨に濡れるのもかまわず青年に声をかけた。

――妹が……見つからないんだ。学校から帰ってこない。

生気がない屍のような顔が向けられた。その目は澱んでいる。

こんなに絶望的な顔をしているのに、彼は泣けないようだ。

拠り所だった母を亡くした、かつての自分を思い出した慶太は、青年の精神状態がぎりぎりであることを感じ取った。このままでは、いずれこの青年は壊れるだろう。

慶太は、自分が彼を助けなければ、という思いに駆られた。

なぜだかわからないが、それが自分の役目であるように思えたのだ。

青年は地面に崩れ落ちた。立ち上がろうとしても足が震え、うまく立てないようだ。

恐らくは飲まず食わずで、足の筋肉が限界を知らせるほど、走り回っていたのだろう。この広い東京をたったひとりで、あてもなく。

青年は雨で冷えたのか、ガチガチと歯を鳴らしていた。

慶太は彼を支え、そばにあるレストランに飛び込むと、温かい飲み物と食べ物を注文した。そんな暇はないと出ようとする青年を一喝する。

——このままなら妹を見つける前にきみが死ぬぞ。まずは走る元気を養うために食え！

青年は慶太の剣幕に呑み込まれ、小さく頷いた。

青年は品の良い食べ方をする。育ちがいいのかもしれない。

聞けば娘が行方不明なのに、家族は楽観視して警察に届けるのを反対しているという。色々とワケアリなのはわかったが、青年ひとりで探索するのは無謀すぎる。

青年が食事している間、慶太はスマホを取り出してメールを作り、一斉にグループ送信した。グループ名は『恩ある仲間』。その中にいるふたりはもう他界しているが、他の者とは年に数度、近況報告を兼ねて連絡を取り合っていた。

彼らを頼らないといけない状況だと慶太は判断したのだ。強烈な使命感の如く。

彼らは慶太のＳＯＳを受け取り、二十分もしないでレストランへやってきた。

久々に再会した彼らは、ばらばらな職業なのに、奇しくも全員が休みだったという。

さらに皆、様々な理由で慶太がいる場所の近くにいたのだ。

慶太に召喚されたのは四人。全員が集まるのは初めてだったし、青年とも面識がない。

彼らは挨拶もそこそこに、まるで古くからの知り合いのように状況分析を始めた。

探索場所を絞れる有力な手がかりがないため、妹が最後に目撃された女子校の女生徒から、妹が兄にも告げていなかった新情報が手に入らないか、試みることになった。

女生徒の警戒心を解くために、慶太が少女の変装をして聞き込みをする。

妹が秘密裏に付き合っていた恋人の存在を突き止め、彼らの働きによってその男が詐欺師であることも、数時間以内に判明したのである。

「誰も助けてくれなかったのに……。どうして、初めて会った俺にそこまで……」

青年は、唇を震わせる。

「それは今、考えることではないだろう。さあ、しゃんとしろ。僕たちを統率して動かすのは、指揮官たるきみの仕事だ」

慶太の言葉に青年が頷く。直後、両手で頬を叩いた青年は、その目に力を取り戻した。

「あなたは……学生ではありませんね。きっと俺より年上だ。ええと……」

希望の光が宿り始めた瞳は、灰色と青色が入り混ざり魅惑的だった。

慶太が名乗ると、青年は薄く笑った。

「俺は……月冴。御先月冴といいます」

……月冴の妹がいたのは、今は使われていない、ある施設の地下だった。

悲惨な状況を推理して、月冴に前もって覚悟させたのは、かつて慶太の悲しみを共有した飯綱。現在は、彼女の母と同じ臨床心理士を目指す大学生である。

場所を特定し、施設に殴り込んだのは……元武闘派刑事で今は探偵をしている鼬川だ。

救出した月冴の妹は、飯綱の想定以上にボロボロな体をしていた――。
・応急処置をしたのは、慶太に心療内科の受診を勧めた新人看護師で、今はベテランとなった狸塚である。

それから数年が経った――。

「チンピラだと思ったら、狗さんなのかよ……！　なんだよ、その傷！」

「あははは。月冴ちゃん、また騙されちゃったねー」

近況報告会を兼ねて、何度もこうしてわざと人通りがあるところで変装して月冴と待ち合わせ、酒を酌み交わしている。もう少ししたら、仲間がやってくるだろう。

不思議な縁で巡り会った仲間たちに、月冴は後日、実行力で恩を返した。

無償の愛を捧げようとする者ほど、実は愛に飢え、愛を欲しがる者の叫びには敏感に察知しているのだと、慶太すら気づかなかった事実に月冴は気づいたのだ。

仲間たちはそれぞれ愛に関した悩みがあった。そしてそれは物理的に、権力的に解決できないものだったのに、月冴が忌み嫌う御先の力を使ってでも、解決したのだ。

いつもにこやかな笑みを見せていた彼らが、月冴の前で泣き崩れ、感謝の意を繰り返し述べたあの光景を、慶太は忘れることができない。慶太にとって大切な者たちが救われたあの瞬間こそ、過去、彼らの愛で救われた慶太が、一番に望むものでもあった。

月冴には、こうした……慈愛深い君主たる器があるのだと実感したのである。

……皆で助け出した月冴の妹は、自死という悲しき結末を迎えることになった。

巨大グループ御先家の娘であるのに、誰ひとり弔わないという異常さ。

赤の他人の慶太たちですら、必ず法要には顔を出していたというのに、月冴以外の家族は総意で、妹を〝元からいなかった者〟として扱う気らしい。

それを許してしまったのは、自分が無力な未成年だからだと、月冴は己を激しく責めすぎて再び壊れかけたが、それを救ったのは月下香と名乗った少女だった。

妹を送り出した二十歳の誕生日に出逢った、妹を彷彿させたという少女。

不思議にも彼女もその日、二十歳の誕生日で、月冴は運命的なものを感じたという。

始まりは傷の舐め合いだったにせよ、妹からの愛を失った月冴を、新たな愛で満たした彼女。そして彼女は彼に希望を抱かせ、消えた。月冴に彼女の痕跡を残したまま。

月冴を置き去りにした妹と彼女、どちらが残酷なのだろう。

「妹のような犠牲者を出さぬよう、恋愛トラブルの調査会社を作ろうと思う。同時に妹を弄んだ、結婚詐欺集団と黒幕を調べたい。そのために皆の力を貸してほしいんだ」

それは、後に月冴の兄の支援を受けて拡大するチューベローズの前身である。

そして月冴は、妹の調査と並行して、刹那の恋人の行方を必死に探した。

一夜の関係で終わる愛は幻。月下香も慶太と同じ偽装者だから、見つからないのだ。

追わないのが暗黙のルールだとは、彼女を真剣に求める月冴には言い出せなかった。

運命なんて夢想主義者の戯言――そうドライに考えていた慶太は、現実主義者の月冴が運命を用いることに違和感を感じながらも、彼が自発的に諦めることを望んでいた。

そして彼女と別れて七年後、月冴はその運命の相手を見つけだしたのだった。

彼が恋い焦がれていたのは、愛と記憶を失った守銭奴だった。その上、過去に慶太が適当なことを言ったせいで、残念な方向に進んでしまったようだ。

世渡りが下手な、欠陥だらけのへっぽこ美女。それだけではない。月冴限定で強烈な欲情を一方的に伝えてくるだの、五十嵐が昔に見たという痣を、月冴への愛が溢れた時に出したり消したりするだの、とんでもない女性だった。

彼女の出自はわからないが、この世には暴かなくてもいいことがある。月冴も説明つかないものを愛の力ゆえだと確信しているし、慶太や〝憑き物仲間〟たちも気にせず、彼女を昔馴染みみたいに可愛がっているのだからそれでいい。あえて深追いすることはない。

大切なのは過去ではなく、相対している今だ。謎めいたままでも面白いではないか。


初めて、御先家の執事長だという五十嵐に会ったのは、月冴の妹が亡くなる少し前だ。月冴が懇意にする存在を、御先家が調べていないわけはなかった。

――お前が、慶太か？　私は……父だ。そっくりだろう？

低身長や、少し尖り気味な特徴ある耳、鼻の形が慶太と酷似した白髪の男性――。

慶太の世界に突如割り込もうとする存在が怖くて、慶太は逃げたが、五十嵐はその後何度も現れた。今まで母子もろとも放置していたことを詫びもせず、後継者となり御先家を守れと自分勝手なことを言う。衆人環視の中、慶太は五十嵐を拒んで怒鳴る。

——今さら父親面するな！　僕は生まれながら、父親はいない！

五十嵐はひどく悲しそうな顔をして消えてしまいそうになり、慶太の胸を痛ませた。

慶太が月冴の下で働き始めて数年、五十嵐は次第に痩せて顔色が悪くなっていった。

そしてついには倒れ、居合わせた慶太が救急車を呼んで病院に付き添うと、奇しくも母と同じ病気だったことが判明する。母より重症で手術もできないという。

赤の他人だった五十嵐に、母へ抱いたものと同じ絶望感が襲った。

五十嵐と何度も顔を合わせるうち、知らず知らずに情が湧いてしまったのだ。

五十嵐は命が長くないことを悟っていた。当主も病に冒されているゆえ、御先家の未来を案じ、子供だと知った慶太に、次期執事長として御先家を守らせようとしたらしい。

——旦那様より審判を託された……三年後まででいい。これから自由に動けなくなるだろう私の代理として、三兄弟の情報を集めてくれないか。最期の頼みだ。

——誰かを殺さないといけない家は、正さないといけない。私の命に替えても。

子供は、親の尻拭いのために使役される〝憑き物〟ではない。反発はあるものの、命をかけた願いは無視できない。五十嵐の代理を務め、欲深い颯生と檑から月冴を守るため月冴を裏切るふりをしたが、遺言状は五十嵐の指示で、どう転んでも月冴に有利に働くように考えられていた。……月冴が五十嵐の期待に応えられる人材である限りは。

月冴を騙していること、月冴が嫌う家の当主に推していることに葛藤はあった。慶太にとって月冴は、からかいつつも手を差し伸べたくなる、可愛い弟でもあったから。

一方御先家に関しては、実態を聞くほど虫唾が走る呪わしい家としか思えず、守るべき価値や正義を見いだせなかった。父だって管だらけの無惨な姿を晒して生きるのはつらいはず——この茶番を早く終わらせようと何度も機械をとめようとしたが、できなかった。

そして、父のふりをした最後の日。慶太は演技とはまた違う……得体の知れないものに憑依されたような感覚になり、精神が絶望的な暗黒に染まりそうな危機に陥った。

黒く染める強制力はまるで呪い。己が漆黒のケダモノになりそうで慶太は恐怖した。

——そこまでお前らはケダモノの王になりたいのか！

——自分の意志でおかしいって気づきなさいよ。声をあげなさいよ！

違う。おぞましいケダモノを作り出しているのは呪いではない。自分自身だ——それに気づかせた声が光となり闇を払った。命をかけた父の人選は間違っていなかったのだ。

月冴と彩葉が真実へと導くのなら、御先家はもう闇に囚われることはない。

絶望の先に希望はあった。ふたりが愛を求めていたことは、無意味ではなかったのだ。

ある日突然出逢い、再会した月冴と彩葉。奇跡のような展開すべてが必然的な事象なら、月冴の元に慶太を始めとした仲間が集ったのも、運命によるものかもしれない。

運命とは抗えぬ因縁である。それは不可抗力的に導き導かれるのだ、憑き物の如く。

父もまた憑き物つきだった。その憑き物がとれた今、笑顔で見守っていてほしい——。

「はあい、彩月《あやか》ちゃん。パパでちゅよー」

慶太が幼子をあやすと、幼子はきゃっきゃと喜ぶ。

「誰がパパだよ、彩月の父親は俺だ！」

「そうですよ、狗神さん。わたしの旦那は月冴です！」

今日も月冴と彩葉の夫婦仲はいいようだ。

運命の恋を叶えたふたり。それを見ていると羨ましくもなる。

「あー、僕も子供が欲しくなっちゃった！」

「その前に彼女さん、結婚しろ！」

「その前に彼女を作りましょう！」

ふたりのように、愛に溢れた運命の相手は現れるだろうか。

「……ふふ、現れますよ、きっと突然に。ラブに満ちた運命の相手は」

背後から、慶太の心を読んだ飯綱の声がする。突然の声に、慶太らしくもなく驚いた。

よろける慶太を支えきれず、悲鳴を上げた飯綱もろとも床に倒れ込む。

ふたりの唇は——重なっていた。

「え？」

運命の相手は突然現れるもの。慶太の相手が判明するまで、あと少し——。

あとがき

このたびは本書をお手にとっていただき、ありがとうございました。

蜜夢文庫さんから四冊目となる今作「それは、愛を求めるケダモノにつき　制御不能な欲情は連鎖する」は、らぶドロップスさんの電子書籍を改稿し、書き下ろしの番外編を加えたものになります。

今作のキャラたちはケダモノを取り揃えており、「ケダモノ（に）つき」というタイトルには、獰猛な獣性と獣憑きという両義性をもたせています。

古来より憑き物とされる獣は、私が好きな「もふもふ動物」が多く、そこから物語ができた今作品ですが、ファンタジー＋ライトなミステリー風のところを目指しました。

月冴と彩葉の恋愛模様だけではなく、不可視で謎めく存在が、それらがもたらす謎が、物語の結末でなにに化けるのか、楽しんでいただけたら幸いです。

今回のテーマは『ケダモノ』、そして『運命』です。

予測不能で突然発生した新型コロナにより、愛が乾ききらないように、そして夢溢れる日常に早く戻れるようにと願いを込めさせていただきました。

この物語では様々な愛が喪失しています。愛に飢えた日常に生きる、現実主義者の……過去に囚われた月冴と守銭奴な彩葉が、偶然な出会いを経て愛に潤った時、非現実的な事象をどう捉えるのか。運命はなにに導かれ、なにが運命を引き寄せるものなのか、ｎｅｃｏ先生の素敵なイラストとともに、多面から物語を楽しんでいただけたら嬉しいです。

最後になりましたが、この作品を作るにあたりご尽力下さった方々に御礼申し上げます。担当者様、出版社様、デザイナー様、出版に携わったすべての方々。躍動感と色気があるイラストで本書の世界に「生」をくださったｎｅｃｏ先生。応援くださる読者の皆様。

たくさんの方々のお力で、新たなる年の始めにこうしてまた出版させていただきましたこと、心から感謝しております。そして、お手にとってくださいました皆様に、最大の感謝を込めて。ありがとうございました。

今後も、ハラハラドキドキ、時折くすりと笑えるような恋愛物語を綴れるよう精進したいと思っていますので、応援いただければ幸いです。

またどこかで、元気にお会いできますように。

奏多

本書は、電子書籍レーベル「らぶドロップス」より発売された電子書籍『それは、愛を求めるケダモノにつき　制御不可能な欲情は連鎖する』を元に、加筆・修正したものです。

★著者・イラストレーターへのファンレターやプレゼントにつきまして★
著者・イラストレーターへのファンレターやプレゼントは、下記の住所にお送りください。いただいたお手紙やプレゼントは、できるだけ早く著作者にお送りしておりますが、状況によって時間が掛かる場合があります。生ものや賞味期限の短い食べ物をご送付いただきますと著者様にお届けできない場合がございますので、何卒ご理解ください。
送り先
〒160-0004　東京都新宿区四谷3-14-1　UUR四谷三丁目ビル2階
(株) パブリッシングリンク
蜜夢文庫 編集部
○○（著者・イラストレーターのお名前）様

それは、愛を求めるケダモノにつき
制御不能な欲情は連鎖する
２０２２年１月２８日　初版第一刷発行

著…………奏多
画…………neco
編集…………株式会社パブリッシングリンク
ブックデザイン…………しおざわりな
（ムシカゴグラフィクス）
本文ＤＴＰ…………ＩＤＲ

発行人…………後藤明信
発行…………株式会社竹書房
〒102-0075　東京都千代田区三番町８－１
三番町東急ビル６Ｆ
email：info@takeshobo.co.jp
http://www.takeshobo.co.jp
印刷・製本…………中央精版印刷株式会社

■本書掲載の写真、イラスト、記事の無断転載を禁じます。
■落丁・乱丁があった場合は、furyo@takeshobo.co.jp までメールにてお問い合わせください
■本書は品質保持のため、予告なく変更や訂正を加える場合があります。
■定価はカバーに表示してあります。
© Kanata 2022
Printed in JAPAN